港島吾愛

西西

著

何福仁 編

○目錄●

一〇

再看足球

老鷹判官

巴爾加斯·略薩的《胡莉亞姨媽與劇作家》第十六章寫了一位出色的足球裁判員，他跟球星一樣，備受球迷愛戴，綽號「老鷹」，因為他執法時，彷彿在雲端展翅，可以察覺角豆樹下活動的老鼠；他目光如斗，可以在任何距離任何角度，看見後衛是否在狡猾地踢中鋒的後腿，或者是前鋒陰險地用臂肘撞擊躍起接球的守門員。他當然精通賽規，英明，嚴正，並且能夠果斷地處理突發問題，他有非比尋常的直覺。他給球賽帶來公平競爭的氛圍，有威信，有體力，九十分鐘的比賽，他總是和足球保持十米以內的距離。難怪他成為大眾的偶像，球迷入場，逐漸看的反而是足球裁判員。

這位拉丁美洲小說家並不以「魔幻」稱譽，而以結構寫實見長。他這種判官，可能正是對徇私枉法的反諷。例如最近意大利球圈的醜聞，四大球會都牽涉在內。

平日偶然看意甲的比賽，總不免想到「魔幻」，弄不清真假。

但有趣的是，有如此這麼一個球證執法，獎罰分明，球員應該專注競技，犯規應該相對地少了，觀眾的眼神也應該回到球賽。一個執法嚴明的地方，你不會到處看到警察；更不要說手持槍械、通街抓人的軍隊了。一場乾淨的球賽，你看不到黃牌、紅牌，聽不到中止球賽的哨子聲，除了開場，然後是終場。終場了，你才看見球證，他原來也滿場奔跑過，他抱起皮球，和旁證一起也來到場邊喝水。

十六強葡萄牙對荷蘭的俄籍球證也像「老鷹」那樣吸引我們的目光，但效果相反，他欠缺鎮場的威信，因為他全場發出十六張黃牌，兩隊各有兩人累積兩黃，變成紅牌離場。下半場，球賽幾乎失控，他不斷把比賽吹停，一齣電影，被他剪成無數碎片。而紅牌離場的球員也沒有按規矩回到更衣室去，其中兩個，國家雖然對賽，卻同屬巴塞隆拿球會的球員，仍坐在看台，手舞足蹈，聊個不亦樂乎。好像離開了戰場，告別武器——一個內地的譯本，把海明威的名著譯成《告別手臂》，友情可以重新滋長。

國際足協的會長說：這位裁判看來也要領一張黃牌。足協那麼多的醜聞，自己呢？

命運悲喜劇？

古希臘戲劇和世界盃有許多相似的地方。前者也在戶外舉行，場地寬敞，周邊是座席，沿山坡築成扇貝形，舞台在圓圈中心。雅典的戲劇比賽（也是比賽），一個白天之內，要演完三齣悲劇、一齣喜劇。不注重人物性格，注重的是情節。悲劇的佈局要有突變，使主角由順境轉向逆境。悲劇衝突的本質是「過失」。

世界盃初賽每天三場，結果是三勝，喜劇；三負，悲劇。比賽不重球員個性的發揮，而重團隊的行動。比賽的過程中往往有一方因過失而陷於逆境，而且往往是突變，如澳洲在九十分鐘負於意大利，德國在加時同樣敗於意大利。瑞士未失一球，但一口氣射失三個十二碼出局。悲劇人物犯錯，是因為缺乏賢明的判斷、通盤洞悉的智慧，更由於自負：錯誤地高估自己的能力。這些，都是人的錯誤。在亞里士多德的《詩學》中，隻字不提「命運」。但俄狄浦斯的悲劇不是命運使然嗎？也許，主角不該殺人，不殺國王，那就沒有弒父之行，也不會有娶母后之亂。後來，叔本華則肯定盲目的命運。

德國在加時負於意大利，多少是對十二碼球對決的自信，完場前稍一鬆懈。但大部分中門柱的射球，些微的偏差，皮球不往門內而向門外，就是天國與地獄的分別，不是盲目的命運麼？球證在瞬息之間的誤判，改變了賽果，也許只能歸咎於命運了。悲劇的社會功能，希臘有katharsis之說，意思接近洗滌吧，即是精神上的宣洩，從而獲得淨化。據説這是文學藝術能夠陶冶性情的由來。觀眾代入悲劇人物的際遇，觸動自己種種的不如意，於是感同身受，同聲一哭；完場後，無論靈魂和肉體，都彷彿經過沐浴、潔淨，可以重新面對現實人生的挑戰。

世界盃六十四場，每場有一隊敗陣；最初的勝利者，遲早會敗退下來，最後只有一隊冠軍。勝利六十三場，同樣失敗六十三場，在歡樂的同時，我們會記得球員失落、教練失策、球證失職，然後是失敗的球隊、失望的觀眾。球賽其實充滿悲痛、憐憫之情。但這些，能夠鍛煉球員、球隊，以至觀眾。與其學習爭勝，大家更需要學習的是失敗，不要因為爭勝而欺詐、犯規，必須面對失敗，從失敗裏汲取教訓，改進自己。一個輸得起的國家，才是文明、成熟的國家。

足球詞彙

技術差劣，容易失球的門將，港人稱之為「黃大仙」：有求（球）必應。這是諧音格，結合地方的色彩，同樣說粵語的廣州就不會產生這個詞彙。這個詞的用法，從球場引申出去，連我偶然也有黃大仙之名，因為朋友的兩頭大小花貓喜歡向我纏討小吃，我往往有求必應。

我想，半世紀以來，香港在足球評述方面，的確表現了豐富、生猛的創造力，同時反映了港人對這運動的熱愛。過去香港是亞洲的足球王國，香港足球員名揚海內外，李惠堂是中國球王，姚卓然是亞洲之寶，何祥友是香港之寶，不免溢美，事實是香港跟南韓、日本比賽，勝利的多。李惠堂的時代，根本不放韓日在眼內。即使在張氏兄弟，以及後來的胡國雄年代，同樣可以和這兩強媲美。如今呢，香港隊是否已淪為亞洲三、四流？

但球迷的熱情不減，不過不在球場，而是轉攻熒幕，香港轉播各地球賽之多，應是華人社會，以至亞洲之冠。一直以來，粵語球評，塑造了許許多多有趣、傳神的語彙，有的是轉喻，有的近歇後語，例如「濕手巾」（死扭）、「醫院波」（傳交甚劣，令接球的隊友有受傷之虞）、「天后廟」（射球遠高於龍門）、「最低消費」（至少射球要中龍門）、「擺烏龍」、「神經刀」等等，多不勝數。但最精彩的、豐富的，還是動詞的運用，除了「傳」、「交」、「射」不算，我粗略地寫下，至少三四十個，可說世界之最：

斬、剔、控、彎、勾、拐、掘、掃、揮、撩、

挑、的、扱、推、撬、掛、撞、逗、笠、省、

趟、篤、抽、轟、瀉、炒、篩、片、扣、撥、

帶、運、批、刷、標、攞、chalk、band……

外省人難以分辨。但我們自己很清楚，每個詞都有明確、特定的含義，不容混淆，也不能替換。據說愛斯基摩人有許多描述雪的詞彙：未下、將下、正在下、將要下完、剛下完……那是他們的生活。

彩衣判官

巴西對澳洲，適逢父親節，反正球賽並不那麼精彩，我轉而留神執法的判官，那場的球證是德國人梅度。在球場上，球證的走位要S型，要經常跟旁證對望；這一次，梅度先生走的往往是斜線。球場是一個平行四邊形，把對角畫上一條虛線，球證就沿着那虛線進退。在熒光屏上看，球證移動的方向，只是從四方畫面的右上角斜跑，直到畫面的左下角。這條虛線相當長，球證不用跑那麼遠，一半就夠了，他活動的範圍，大概是中場至雙方禁區前的中間地帶。他很少走到底線去，那裏有旁證，除非有事，例如球員跌倒，久久不起來。凡開角球、定點球，以至十二碼球，他大都站在禁區頂的直角附近。

巴澳賽事慢吞吞，球證也就悠閒地在草地散步，並不用化太多體力，像打得不好的太極，變成柔軟體操。好球可以判壞，但球賽本身不好，球證可斷不出神奇；

那可不是球證的錯。難怪我的父親不願當球員，寧可做判官。過去的判官，一律黑衣黑褲，不少的臉色，是衣服的延長，也是黑板一塊，彷彿不苟言笑，就代表嚴肅公正。如今的判官，有時也會跟球員有說有笑，既有快樂足球，當然也應該有快樂裁判才對。至於判官的衣色，可更多姿多采了。上半場，梅度先生穿灰藍，因為跟澳洲的海軍藍色調接近，下半場立刻改穿紅衣，與綠草地相映，再加上巴西傳統的黃衣，鮮明極了。

判人者人亦判之，過去最後的判官是觀眾，但充其量構成場外的輿論，並沒有終審權。如今呢，還多了一個更厲害的電子儀器：錄像，它可以放大、凝定，巨大的熒屏就高高懸掛在球場上，即時重播。那才是判官的噩夢，因為只有很少很少的重播會為他們的判決平反。人是會犯錯的，判官會判錯，尤其案情在電光石火之間，而判決刻不容緩，這可以理解；要是誤判太多，為免尷尬，恐怕也應該把決策權讓電子儀器分擔，但奇怪，球證的外衣可以變，身上也佩戴通話器，換人、補時都使用電子板，球證的精神王國卻一寸不讓，就是不讓，他仍然生活在人治的綠野，明知會錯，仍然是至高無上，不容翻案。有時，裁判法庭會借助錄像，追究場上犯法的行為，但針對的仍是球員，而不會推翻審過的案。

這一場梅度先生的執法，非常稱職、果斷。比賽終場，澳洲隊的基維爾跑來對他指指點點，他站定不動，也不搭腔。後來我才知道，他向他舉起一張黃牌。

四五一

決賽是意大利對法國。你能期待甚麼？兩造都是四五一陣式：四個後衛，五個中場，然後孤另另的一個前鋒，像遠戍玉門關外，像放逐。這是一種保守的戰術，而且已經到了不可能更保守的了。雙方是這樣，於是一大群人在中場糾纏；以往的防守中場並不顯眼，如今呢，成為勝利的命脈，因為不輸，就可以伺機取勝。看法國對巴西、對葡萄牙，總見法國禁區一帶，八、九個白衣人蠕動，密不洩風，嚴陣以防；入一球，就更加穩守突擊，前面的一個，其實是欠弦的箭頭。亨利在阿仙奴何等出色，在國家隊，反而光芒盡斂。法國得以進級，是巴西犯錯，是葡萄牙犯錯。意大利也是這樣，過去許多年，意大利就是穩守突擊的代名詞，最出色的球員是鋼門索夫、清道夫巴里斯；如今是保方、簡拿華路。偶然出一個快速、高效率的獨行殺手，以往是李華、是羅斯。

四五一，是三個可怕的數目字。這陣式之前，好長的一段日子是四四二，其實也是夠保守的了。這一屆荷蘭和葡萄牙，都用四三三，那已經是進攻足球，因為有三個箭頭；英國取得冠軍，用的是所謂 WM 式，也是進攻足球。真正的進攻足球，是比利時代的巴西，那是四二四。守不穩，不過別擔心，你進我一球，我進你二球，這才好玩。然後是告魯夫的全能足球。但這時代恐怕一去不返了，大家都怕輸，雖明知會輸，就是輸不起。再加上傳媒的鼓吹、賭風，球圈的一體化，於是防守防守防守。中國隊打不進決賽，中國長城早就佔領了決賽的球場。爭勝的時間就在開場後十分鐘、完場前五分鐘，這是危險時段，因為有可乘之機，前者對手陣腳未穩，後者對手體力下降、精神渙散了。其他時間呢？早知如此，觀眾不妨去小睡一回。

從四二四，到四四二，再變為四五一，球賽會變得好看麼？今屆有多少場好看的球賽？法國的夕陽戰士神勇起來，表面看很值得高興，我對他們喝彩，但其實是法國足球的倒退，也是世界盃足球的倒退。

法國的杜魯福曾把Ray Bradbury的科幻小說《華氏四五一》拍成電影，主角是一位年輕消防員，他的職責是滅火，可同時也是焚書，因為專制保守的政權，容不得自由開放的思想，要把過去的文化藝術通通焚掉。華氏四五一，是紙張焚燒的燃點。為了保護文化藝術，一群人偷偷約定，各自背誦一本經典，讓文化得以延續。於是我們看到一個個行走而唸唸有詞的書本。在足球場上推行四五一，是要實行焦土政策，把觀眾趕跑，把球場焚毀嗎？球場上的消防局長會反省麼？

遊戲人和遊戲兔子

從分組初賽到現在十六強淘汰賽為止，最好看的還是世界盃前後的幾個廣告。其一，足球在大街小巷，任何人、任何地方都可以參加這個遊戲。其二，少年荷西，和他心儀的球星一起踢球，這些球星，有法國的施丹、亨利、施斯；英國的謝拉特、林伯特、碧咸；荷蘭的洛賓；阿根廷的美斯。總之，他要跟誰踢球，誰就出現了。這是荷蘭文化史學家赫伊津哈所指的「遊戲的人」（Homo Ludens）。遊戲是自願的、是快樂的，而且充滿想像。這廣告頗富後現代的「引用」，用了過去英德決戰的一個經典的問題球，由英國的林伯特射門，德國的簡尼把關，簡尼跟少年荷西爭論，堅持球未過白界線。向有玻璃人之稱的洛賓，運球時一碰就倒，被當作「插水」，有點自嘲的幽默。此外，還拼貼了年輕時代的碧根鮑華。對球迷來說，好的球賽，怎會受時間、空間的限制呢？所以推銷的是球鞋，英文說是 impossible is nothing。

遊戲中的比賽講求規則、公平，並且嚴肅，即使明知不過是遊戲，不過是虛擬的空間。球賽進行得興高采烈，可是荷西的母親忽然在露台上出現，大喝一聲：吃飯啦。遊戲即時停頓，球員立刻煙消雲散，看來真掃興。荷西老大不願意，只好拾起皮球，終於也自得其樂地回家去了，偌大的空地上，原來其實只有他一個人。但荷西媽媽並不是赫伊津哈筆下的「掃興的人」，她根本並不參與遊戲。參與遊戲的成員，倘破壞遊戲規則就是掃興者，這些人威脅遊戲的世界，必須被逐出遊戲之外。掃興的人出現在世界盃真實的球場上，多不勝數。在葡萄牙對荷蘭的比賽，這些掃興的人先是被警告，再被驅逐。

世界盃舉行之前，朗拿甸奴拍了一個快樂足球的廣告，找來一個樣貌跟他相似的小球星，同樣暴牙，眼睛精靈顧盼，而且滿臉笑容，球技同樣了得。今昔兩組鏡頭交差呈現，趣味是一長一少的相似，選角之妙，令人懷疑這根本就是朗拿甸奴小時候的錄像，再加以拼貼。四年前世界盃在日韓兩地舉行時，有一個深刻、諧趣的廣告，那是巴西以香蕉罰球見稱的小個子卡洛斯拍的，他在禁區外主射罰球，前面是一排日本人牆，他入鄉隨俗，向日本守將行鞠躬禮，日將也一律鞠躬回敬，就在這一刻，他馬上把球射出，彎過矮牆入網。這廣告真精彩，活用了當地特別的文化現象，難得日人也有這種自嘲精神。

不過我最喜歡的廣告，推銷的是電池，主角是一群參加足球賽的兔子，有球員，有觀眾，有龍門，踢罰球時排立的兔子牆。英勇的兔子大演帽子戲法，連進三球，有的兔子倒地，有的喘氣，有的亮起鬥雞眼，表情十足，真是快樂足球。喜歡這廣告，因為我近年也在學習縫製毛熊、毛兔子。

儀式的背後

一切從儀式開始。旗幟先行，判官隨後，球員殿尾，並且各手拖一位小朋友。大家肅然站立，隊長分別宣讀反種族歧視文告，唱國歌，握手，拍照，擲幣，哨子一吹。儀式一屆比一屆繁複，可都冠冕堂皇。

我們看的球賽，其實是開麥拉眼主觀的傳送。有些我們想看的，看不到；有些我們被逼不斷看，是拍攝者的口味，有時，那竟是拍攝者自己加插的故事。法國前國家隊教練值得重現七、八次？馬勒當拿，故事才開始，就失蹤了。

我們看的當然是舞台前面上演的故事，戲劇的張力，就來自對敵雙方的均勢，相反而又相成，隨寫隨演。但台後的情況我們不知道。有沒有贊助商指定某些球星一定要出場，並且指定要穿上芒果/香蕉/檸檬色的球靴？巫師如何作法，有否煮草藥湯？教練與太上教練、與球會領隊之間的角力，球員與球員之間的爭功？是否有球員在進場前的一刻，仍在和足總的要員爭論獎金的數目？是否有判官在場上表演一趟，他的銀行戶口就多了許許多多的進帳？這許多是否，我是否想得太多？

漂亮的足球在綠茵上流動，球上印着某年某月某日某隊對某隊，可沒有標明在印度製造，是本該在校園踢球，卻不得不當上童工的廉價勞作？一頭公雞沒經過檢疫，就跟法國隊進球場成為觀眾，那麼熱的天氣，牠會不會染上禽流感？

世界盃結束，誰是真正的勝利者？大商家？博彩公司？英國和巴西出局，香港馬會贏了數億港元，外圍莊家呢？

制服

早一陣，在電視上看到一則測試普羅大眾對穿戴制服者的反應：某某大廈的入口有兩部電梯，一個普通衣着的男子站在電梯前，請大家乘搭A梯上樓。不過很少人依從。稍後，這男子改穿上一套管理員似的制服，說同一樣的話，大多數人都照辦了。顯然，多數人都相信制服的權威。

這所以，醫生、律師等等專業，也各有一套職業的服式。電影經常出現這樣的橋段，一位職業殺手在醫院裏下手，然後偷來一件白袍，一披上身，就得以逍遙無阻。殺手的服式就是根本沒有服式，而是像變色龍那樣，可以隨時變換服式。服式讓他變換身份，從無到有，方便殺人的工作。最近電視有一齣片集，主角是一個不修邊幅、行醫手法特異的醫生，看來頗受歡迎。把反傳統的衣裝行徑作為戲劇的賣點，正好說明職業服式的合法常規。

足球員當然也有服式。學校裏的毛頭自組球隊，馬上要辦的第一件事，就是化錢弄一套球隊的制服，穿了，好像十號就成為朗拿甸奴，九號就是朗拿度，看，我們可不簡單啊。不然，散兵游勇而已。可今次世界盃，儀式、規矩多了，球衣的穿法反而寬鬆了些。以往球衣要收束褲內，香港早期的南華就有這個規矩，今屆世界盃則似乎再沒有這個嚴格限制，連主辦國德國的隊長也不守舊例。

電視台也出現穿制服的人，他們是足球評述員。以往，他們當然也穿制服，一律襯衫加西裝加領帶，但穿制服而配合球賽，經常變換，例如非洲球隊比賽，就穿迷彩衣，那就有點趣思。我常想，報告天氣的先生淑女，如果出場的衣着跟天氣結合，會多有趣呢。評述員穿上制服，比起另一個電台的男女，衣着隨便，把球場當馬場，堆砌笑話，連自己也不見得相信自己，無疑專業多了。這是制服的力量，連穿着的人也嚴肅認真起來。遊戲的最高境界是嚴肅認真。記得在一冊叫《波德里亞：批判性的讀本》上看到這麼一句：要是改變蘑菇的顏色，可以令購物者相信罐湯裏有更多的蘑菇。

聽與視之娛

以前沒有電視，許多人在家中，在涼茶舖聽收音機轉播足球賽，開場時總是說，甲方穿甚麼顏色球衣球褲，右攻左；乙方穿甚麼顏色球衣球褲，左攻右。然後是細緻的陳述。小黑用左腳交右邊中圈的肥油，肥油在右輔位運球，再一個轉身長傳左翼的牛仔，牛仔在左邊銜枚疾走，一直到底線……後來有了電視，先是黑白，繼而彩色。如今當然是彩電的天下了。但評述依舊如此開場，甲隊紅衣黑褲，左攻右；乙隊白衣白褲，右攻左。一次，開球的一方，一開始就大腳把球遠射出界外；變了龍門球，這時鏡頭轉到龍門後，守門員開球，評述剛描述過衣服，接着怎樣說呢，那守門員又遲遲沒把球開出？下方攻上方。

早兩年，我以為這是不必要的，觀眾難道自己不會看嗎？那是球評家坐在視覺的平台，卻滯後在聽覺的年代。可是現在我另有想法，並不認為是浪費時間，因為我終於想到另外一些球迷：他們是失明人。他們看不見，但可以聽球賽，而且在電視機前聽得津津有味，就像許多年前，沒有電視的年代，我們和他們一起聽收音機轉播。

一位教書的朋友說他偶然會遇到一些失明學生，這些失明學生一如常人，對運動其實也很有興趣，據說在盲人心光學校的學生也有在宿舍踢紙紮球的遊戲，你可以想像嗎？可怎樣描述一下？好幾個失明少年在快樂地踢球，要是有人在旁講評一下就好了。其中一位失明學生，還是游泳冠軍呢。失明的球迷，一定為數不少。嘉年華的節慶，怎能忽略了他們。為甚麼評述不該敘述比賽的顏色、方位？也許，還有聾啞的人也是球迷，那麼熒屏上是否該多些字幕說明，甚或加添手語評說員呢？又或者，為甚麼四位球證之外，不可以多一位第五個聾啞球證，由他們讀出球員與球員之間口舌不君子的挑釁？

蟹行戰術

德國隊的教練奇連士文（Klinsmann）也許是君特．格拉斯的書迷，讀過這位小說大家的《蟹行》，因為今屆德國隊的策略是「螃蟹戰術」。一般進攻的方式，是在禁區附近得球後，一有機會立即射球，相當厲害，一味勇往直前。但螃蟹則否，牠走路的方法，總是前前後後，忽左忽右。禁區的球員得球，對方後衛以為他會施射，紛紛阻攔，哪知他並不射門，忽而回傳背後的隊員，這隊員較不受注意，較多空間，第一時間命射，入網了。此外，螃蟹防範敵人的方法是一字排開，只會橫行，沒有縱深，也拙於轉身追趕。這戰術所以成功，有賴中場幾個擅於遠射的球員，再加上一個擅於制空的高大中鋒，你就怕他有人下沉底線，然後傳中；你死守底線，他又忽而傳後。

但過去的德國隊並非如此的，那是範式轉移了，由一個出身前鋒，而且並非出自拜仁慕尼克的人做教練（後期只在拜仁呆過兩季），就把多年德國的傳統改了。像一切的變法，難免令其他人不爽，引起爭鬥。但這次奇帥輸了，大不了「流放」美國。以往德國精於防守，從「凱撒大帝」碧根鮑華（F. Beckenbauer）至馬圖斯，一直以自由人馳名。一國的榮辱，端賴自由的多寡合度，這我們聽過；但德國足球隊的成敗，卻繫於一個自由人的質素，這可夠創意了。

這自由人，基本任務仍是防守，不過沒有固定崗位，更可以出擊，哪裏需要他，他就降臨了。跟強手對賽，往往就採取人釘人戰略，指定一人死纏對手的主將，這是一種消極足球，用的是減法，寧可彼此少打一人。多年前英德對賽，「凱撒大帝」緊纏波比．摩亞（Bobby Moore），對方走到場邊，他就走到場邊，真是很狗仔隊。你認為這種消極足球好看麼？要任何一個球員做狗仔，你認為他會快樂麼？德國隊大抵從來自東德的壞孩子森馬之後，再無夠質素的自由人，給你最大的自由，對你就有最大的限制。所以不得不變。舊創意不善變通，就成為壓死蟹的大石。

攻防都強的隊伍，求之不得，否則好的防守，別人攻你不易，或出於誘敵，或本來無可如何，往往也屯重兵在後半場，你也不易進攻。防守不那麼好，別人勇於進取，於是你居然也獲得反擊的空間。攻與防，原來是辯證地相對。

從頭到腳

英格蘭對巴拉圭，用的是空襲戰術，球在半空傳送，炸彈那樣在對手門前降落，再加上防守力強大，於是球評家認定有冠軍相。香港長期受英美文化影響，連評球也厚愛英格蘭。但英國人寫的球評反而並不這樣看，認為要是小蠻牛朗尼（Rooney）不出場，球隊的表現其實令人面紅，球隊雖勝了，但事實呢，並無進帳，不過是對手開初懾於高人，陣腳未穩而已。

空襲戰術，一直是英國的國粹，一個球評家說長人高治（Crouch）「很肯用腳」，把我從悶極渴望裏叫醒，怎麼？他們原來不是踢球的麼？近年英超聯的外援無限制地增多，又引進歐洲的教練，才有了變化，皮球從半空降落地面，那一個個做指揮的頭，開始肯用一雙雙的腳，盤球、運球。打進歐冠盃決賽的阿仙奴，英籍球員只有艾殊利．高爾（A. Cole）、蘇甘寶（Campbell）一、二個；而且一度全部外援。然後你看看英國隊個人技術可能最出眾的祖．高爾（J. Cole），發覺他原來也是熒光幕前朗拿度的「粉絲」。

下半場當我的興趣轉移，轉看其他事物，例如球衣、球鞋，那可不是我的錯。碧咸（Beckham）漂亮的球鞋是藍色的，艾殊利．高爾和唐寧（Downing）則是鮮紅色。球證穿熒光衣，草地青綠，真是色彩繽紛，我坐在朋友剛買的三十七吋平面LCD前面觀看，才驚識新寫實主義而非印象派的色彩。英格蘭的球衣比塞黑悅目，雷電四散似的圖案，太對稱，失去焦點。足球的設計像沙漏，又像八字，比舊的好看，不會看得暈眩。據說一塊皮仍不能裁出紙型縫成球體，何不也搞個設計比賽，讓一直用頭用手的B. Fuller、F. Gehry也來盤盤球？

足球和教育

給我一個皮球，一個草地，我就會向前奔跑，自得其樂；荷蘭的天才球星洛賓（Robben）說。這是今年球壇高調宣揚快樂足球的註腳。成為工程師的未必喜歡工程；教師，香港經歷現在仍然推行得如火如荼的教改、殺校，要是你仍然喜歡教書，我只會加倍佩服。但會有哪一個職業足球員本來不喜歡足球、誤闖球圈？

至少他們「自得其樂」。天才多少都很自我，如果洛賓的才能再高一點，像馬勒當拿，像朗拿甸奴，或者像同鄉前輩告魯夫——但誰能肯定呢，他才不過二十二歲，別人就不敢批評他獨食，隊友就不會，公開地說，喂喂，不要忘記我們的存在。喂喂，你看清楚，他的氣質是否有點像那位寂寞的天才梵高？給他一枚畫筆，一幅畫布，一些顏料，別忘了黃色的，橙黃、金黃，他就自得其樂；畫完了再算。你不能想像這類孩子拿不到想要的東西時會否變得更自閉。

但快樂其實可以分享。我們看畫，看球賽，看得高興就禁不住喝彩。可惜我們對天才畫家的讚賞往往很猶豫，很難恰當地表達，最要命的是，遲來；但對場上的球員呢，他們馬上就聽到了，直接、坦率，可也同時聽到斥責。我喜歡洛賓這種球星，一如我們會喜歡班裏最聰明伶俐的學生，他搶答問題，答得充滿創意，他調皮、搗蛋，但無傷大雅。你禁制他，要他乖乖坐定，不許發聲，喂喂，你再在人前瘋，我不把你扔出班房外才怪。於是他成為了世上好孩子之一；多一個不多，少一個不少。

何況，我可不是洛賓的隊友，又從不賭波，我甚至不太關心哪一隊到頭來拿走金盃，我只是個距離十二小時飛行才能到達法蘭克福的觀眾之一，所以我不會贊同只追求賽果的效率足球，不會欣賞「不輸球，就等於勝球」的防守戰略。宣揚快樂足球是因為有不快樂足球，因為牽涉賭博，或者太看重成果；因為這小小的圓球，滾出越來越多的政治，而忽略了其間的過程，忘記了這原本是大家都快樂的一種遊戲。

快樂足球令我想起香港的教育也有所謂「愉快學習」。它的潛台詞是否說學習另有一種叫「痛苦」呢？學習，如果只有愉快而沒有痛苦，只是遊戲；只有痛苦而沒有愉快，只是奴役。學習，從來就是苦樂兼有，矛盾而相成，何況這裏面還包括考核和評估的環節呢，no gains without pains。喂喂，誰令到孩子的學習痛苦呢？是老師麼？你以為老師在不愉快的環境下授課，學生也能達到愉快學習的目的麼？

快樂足球和不快樂足球

踢快樂足球的人，巴西的朗拿甸奴（Ronaldinho）當然是表表者，洛賓是另一個，他居然可以一個人盤球跑足半場，風馳電掣，對手追他不上，真像穿花蝴蝶；明明是左翼，佔了左面的半邊球場，但一忽兒又跑到了右側去了，令本來也是左撇子而要將就他不得不改當右翼的隊友抗議。我則擔心他這種在敵陣舞龍，對手老羞成怒，遲早會被踢傷。他有一個外號叫「玻璃人」，一碰就碎，容易受傷；對富豪球會車路士（Chelsea）沒有好感的英國傳媒批評他，當他跌倒，至少有七成是誇張的「插水」；其他三成呢？我腦海中立即出現兩個片段，一個是加西亞．馬爾克斯筆下的幽靈船，船隻碎裂成千千萬萬碎片，響起叮叮咚咚的聲音；另一個，我忘記了作者，小說裏有一座玻璃教堂，最後也碎裂倒塌，啷啷匡匡，恍如音樂。

不過，有快樂足球，當然就意味着有不快樂足球。像朗拿甸奴，在球場上笑容滿面，非常快樂，他看來多麼熱愛這種運動呢，踢球，不過是耍樂，踢失了球，也開懷地笑；當他離開球場，不管輸贏，仍然帶着微笑，像阿麗絲在仙境裏遇到的笑臉貓，搖着尾巴走了，可仍然留下笑臉。但另外有一種球員，例如阿根廷的列基美（Riquelme），總是一臉憂鬱、愁苦，滿懷心事，他彷彿在思考生命某些更本質的東西，他同樣通過踢球來表達。那是足球的另一面。別以為他對上次歐冠盃射失十二碼而被淘汰的慘痛經驗仍然耿耿於懷，那只是人生眾多不愉快事件之一，不，那太小看他們阿根廷人了。輸了球，他們立即就站起來，重新比賽。

是的，他長了一副不像足球員的樣子，反而像是從波赫士筆下走出來的人物，但難道足球員真有固定的樣子？天才橫溢的，一定要有點哨牙？如果他的速度較慢，那是思考的緣故；當他傳球，還是很準確、很致命的，像詩人而不是雜文家那樣找到恰當的句子。知道麼，今屆的足球變輕了，有時真輕得難以承受？

童軍領袖與耆英小友

過去的一年，亨利（Henry）也算倒霉，竟然變了童子軍領袖，因為阿仙奴隊中大多是未成熟的年青球員，名將不是傷患累累，像蘇甘寶、龍格寶（Ljungberg），就是年紀大了，像柏金、皮里斯。球會為了建新球場，資金緊絀，中場韋拉（Vieira）還能夠賣好價錢，就賣掉了。換回來的是一些毛頭。都是大有前途的毛頭，但需時成長，如何跟揮金如土、盡收天下名器的車路士對抗？去屆的阿仙奴，就依賴亨利一人支撐。亨利也厲害，一場足球，總是跑足九十分鐘，毫不欺場，而且場場硬仗，英超聯賽之外，還帶領球隊打進歐冠盃決賽，大獎，只差那麼一點點就到手，一如世界足球先生競選，就輸給朗拿甸奴。每星期平均兩場，加上本土的盃賽，有時三場，真是連做夢也在踢球。

世界盃的亨利又如何呢？從童子軍領袖變成耆英們的小友，他一個人被派到前頭孤單地奔跑，他的法國戰友查斯古特（Trezeguet）則咬牙切齒，比任何人都要投入，只不過在場邊。同樣的法國人，阿仙奴的領隊雲加，有膽識，有眼光，大抵在他眼中，足球的英雄出少年，三十歲就算老黃忠，要續約的話，必須逐年簽訂；法國國家隊的領隊杜明尼治呢，則一個舊中心（施丹為指揮），兩個老堅持：老戰略，老名牌（主將都是八年前的舊人，八年來都已不行，難道會迴光返照）。一個帶領的是將來，一個，追趕的是過去。在國家隊中，亨利背後一條骨脊，通通三十四歲上下：中場施丹、中堅杜林（Thuram）、龍門巴夫斯（Barthez）。從初賽到決賽，一切順遂，就要在一個月內決戰七場，賽事變得更體力化，夏日炎炎，又剛經過緊張、激烈的球季，即使沒有傷患，身心不疲才怪。

球場，其實是年輕人的世界，所以近幾屆的世足賽盟主，球員平均為二十六、七歲。我粗略一計，法國隊平均歲數是三十一歲，是各隊之冠；法國如果取得冠軍，那只說明球賽水平每下愈況。捷克二十九歲，當然也會舉步維艱。阿根廷、英格蘭、荷蘭都恰好二十七歲；德國、西班牙二十六歲，也是風華正茂。巴西二十九歲，那是左右後衛卡富和卡洛斯之故，但後備資源雄厚，並無影響。冠軍，應屬上列其中一隊。按年齡來推算冠軍，尚有多少數據可循，總強似引用怪力亂神，當非洲球隊不再帶同巫師出征，今天香港的媒體則請來風水師天天預猜賽果。

亨利看來分組比賽完結，可以跟小女兒回家休息去了。英國新球季馬上又上場了。

看球酒吧

我喜歡遊戲，家中有微型屋和微型店舖，其中一間是酒吧。世界盃臨近時，我已準備好直播比賽，吧內的牆上裝大電視，桌椅都重新擺放。這酒吧我名之為Chez Henri（在亨利之家），因為我是亨利「粉絲」之一。酒吧牆上貼的都是亨利的圖片。吧內座不虛設，全是動物：兔子、白貓、熊貓、狐狸等等，店主是大灰熊夫婦。

我一直以為法國隊會在分組賽出局，哪知進了十六強，立即又進了八強。法國的老人家體力雖不及新秀，但另一面富於經驗，球技本來就優秀，加上無比的鬥志，不氣餒，奮力作戰，令人敬佩。西班牙同樣是優秀的隊伍，年輕，有朝氣，可說勢均力敵。一場出色的球賽，真是熊掌與魚，其實難以取捨。我總希望表現好的贏，但兩隊同樣出色呢？結果法國出線，西班牙仍年青，是各隊中平均年紀最輕的隊伍，前途未可限量；南非再見吧。這一場，亨利並無特別建樹，是戰術的影響。

法國勝了，我為他高興。我的姪女是超級亨利「粉絲」，必定伊妹兒到英國球會兵工廠向他祝賀。

後備席

球賽設黃牌、紅牌，是阻止球員犯規，以至傷害對手。如果拉拉衫，不在危險地帶，最多是阻人前進，黃牌也就可以了。今屆則罰得嚴重：十二碼，而且紅牌出場。領了紅牌，必須立即離場，或者回到更衣室去。只有換出來的球員，才可以回到後備席上。但沒有多少個球員會心甘情願離開球場，尤其是這種四年一次的大賽。真正快樂地離場的，大概只有那些因為功成身退，領隊為了保存實力，讓他休息；這種離場，反而顯得自己的尊貴。領隊在場邊跟他握握手，或者拍拍他的肩頭，辛苦了，讓後備玩玩吧，對手死定了，割雞焉用牛刀？可是大多的離場，只是無可奈何，可能狀態欠佳，可能戰術需要，可能，你的體能根本難以完成整個比賽。對南韓時，施丹在完場前被調離時，看到麼？他和領隊擦肩而過，兩個法國人彷彿互不相識，既不握手，也不說話。天下無不散的球賽，但這可能是這位一代球王真正的離開，從此再不回來了。而後備替補的查斯古特，則一臉苦笑，已經九十分鐘了，你想我怎樣？

但又有多少個球員會心甘情願坐在後備席上？後備席，是一個充滿期盼、等待、焦慮的地方。每次場內有隊員受傷，就有些苦澀的希望，會由我替補麼？本來可以怎樣怎樣的一雙雙腳，有一種癢得難受的感覺。直到第三個換人限額用盡，才終於平息。上個月吧，歐冠盃決賽巴塞隆那對阿仙奴，才開賽不多久，後者的門將紅牌被逐，只好抽走一人，換出後備門將，結果犧牲了中場的皮里斯。他出過場，還沒有機會表現就被換掉，看來比查斯古特更糟。我一直記得他坐在後備席上落寞的樣子。

世盃短暫，球賽長存

晨昏顛倒的日子行將結束，生活可以回復正常。一場世界盃，充滿悲與喜，畢竟是人的遊戲。因為是人，有人氣，才有錯失，才有意外，才有狀態起跌，於是才值得珍惜。未來的球場，說不定是機械人的世界。我問十多歲的姨甥，世界盃和電玩，哪一樣有趣？他說世界盃好看，電子遊戲好玩；本來可以和同學踢球，但不容易找到場地，又要找朋友一大群。電子遊戲，一個人就可以玩了，沒有甚麼限制。我只知道世界盃是群體的，戶外的，開放的，感性的，光亮的；而電玩呢，是幽暗的，封閉的，冷冰冰的。

但如果不是親臨球場，有幸成為六、七萬人的一號，我們也只是各自坐在電視機前，看着熒屏的平面空間，而且往往在深夜裏。換言之，對大多數人來說，世界盃可能也只是另一種電玩。

整個世界盃，我最高興的是法國擊敗西班牙，因為後者的教練曾罵亨利為黑鬼。不知這位教練跟隨牽着「Say no to racism」布幅的小男生進場，會有甚麼感想？他竟然輸給了主要由非洲裔球員組成的球隊。最難忘的鏡頭是法國對多哥，賽後亨利和阿仙奴隊友艾迪巴約坐在場邊，不但交換了球衣，還換上球褲。A time to make friends，兩個人本來就是朋友。可也有些年輕球員，make enemies as well，像C. 朗拿度、朗尼，兩個人可能本來就是敵人。

主辦國的吉祥物獅子滯銷，據説是由於只穿上衣，沒穿褲子。奇怪，德國始創的毛熊，一百年來備受愛寵，從沒有人嫌它們赤條條。可見玩具也有玩具的命運。我到地鐵站和玩具商場去找和世界盃有關的玩具，都是些塑膠匙扣、球員塑像，寫實有餘，就欠一點趣想，不如穿日本隊球衣而神采飛揚的多啦A夢。

香港的設計家玩具（designer toys）很出色，劉米高的創作屬於藏家珍品；Eric So的食玩式抽籤公仔，容許參與設計：頭髮、五官、球衣、編號，可以自由配砌，成為立體派，或者超現實派的成品。我買了幾個，才數十港元，其中的隱藏版，我妹猜是球證。此外，我在女人街買到小球衣，給手縫的毛熊穿上，倒也蠻合適。世界盃終場，我縫製的毛熊球隊才開始呢，連同球證、教練、軍醫、擔架床，四年應該可以完成，讓我們真的 say no to racism。

二〇

非洲系列

露西

露西。

誰？哪一個露西？

那時候，我認識的露西有兩位。一位是花生漫畫中的露西．布朗。她是查理．布朗的姐姐，整日嘩啦嘩啦大聲說話，理直氣壯得很，很厲害，誰也不要惹她；另一位是歌手披頭四的一首歌的名字，那首歌，這樣唱：

露西在綴滿鑽石的天空

Lucy in the sky with diamonds

那是上世紀七〇年代，朋友和我們都喜歡卜．狄倫（Bob Dylan），鍾．拜西絲

(Joan Baez)，喜歡那部叫《黃色潛艇》的動畫，露西就在空中，滿身鑽石，閃動閃動，彩光四射，好像萬花筒。

那是一九七四年，考古學家發現了南方古猿阿法種，據説這些考古學家當時一邊工作，一邊聽着披頭四這首歌，於是隨興把發現稱之為露西，並且以她為最早，是人類的母親。我後知後覺，萬分慚愧，過了三十多年，才認識這位露西。

——這位露西有甚麼特徵？

她只是一些骨骼。

只是一個成年女性全身大部分的骨架，身高〇·九二米。

活了二十年。

——這麼年輕就長埋黃土，成為化石了。

不知道。重要的是，從她口腔骨盤、腿骨和腳骨來看，她是個直立行走的人。

不是猿猴。

她活在三百五十二萬/三百二十萬年前的非洲，在埃塞俄比亞的哈達爾河谷。

——猿猴是我們的祖先麼？

你以為呢？我們不會說猿是人。從猿到人，要經過時間很長很長的演化。演化大約分為三個階段，簡單來說，也只能簡單地說，那是：能人→直立人→智人。非洲各地都有不同的發現，不同科的學者總有許許多多的爭論、不同的界定，不過無論在東非抑或南非，大多同意，非洲是人類最早的誕生地。

——那你探訪過非洲夏娃沒有？

沒有，我多年前只到過南非。想和朋友去東非探訪露西，結果不能去，因為要打防疫針。我有敏感，不能打。不過非洲東西兩部分本來是完整的大陸，在八百萬年前發生過一次地殼運動，從南向北，才把非洲分為兩個部分，形成東非的大裂谷。

——沒能夠親見露西，有點失望吧？

我也不是完全失望，朋友去了埃塞俄比亞回來，告訴我，露西的骸骨搬到了美國，留下的只是仿製。

辛巴

辛巴（Himba）不是水手，以前大概沒見過海，因為他們在非洲中部生活。為了生存，他們從東而西，從北而南，遷到非洲的西南，居然見到了大西洋。這個地方可奇怪了，一片無垠的沙漠，沙漠的邊緣接通海洋，海岸線長又長，但經常刮大風，又多暗礁，形成大小的漩渦，成為著名的骷髏海岸，沙灘上就留下許多船隻的殘骸。

辛巴人和赫雷羅人是一起南遷的，他們同樣屬於班圖大族的分支，說相同的語言，即使語言相同，人類沒有攀上巴別塔，這個大家庭，最後仍然免不了分家，辛巴人繼續過遊牧的部落生活，赫雷羅人則改以守地農耕為主。早些日子，辛巴人居住的地方按照地理方位，叫西南非洲，現在是納米比亞。不過辛巴人牧牛，除了在納米比亞北部游移，也散佈在安哥拉南部、博茨瓦納西部，都接近赤道，氣候十分炎熱，土地十分貧瘠。因為水太珍稀了，他們從不洗澡，用煙熏，用紅泥伴混牛油、香料，塗遍頭髮身體，既防曬，又防蟲，所以也不需穿衣，衣服，穿髒了就要洗。這是傳統的民間智慧。

他們其實沒有國籍，只有部籍，分成大小部落，現存不足五萬人口。一般部落五、六戶聚居，由年紀最大的男子帶領，一夫多妻。他們的繼承法很特別，男子可以繼承母家，即舅父的牛羊財產。但我們真的認識這個部落？有些資料說，辛巴部落仍屬母系社會，女多男少，由女子當家，一家的正妻是家長，各戶的女家長再按年資推為族長。無論如何，男人離家放牧，女子留守負責家務，擠牛奶、羊奶，採集柴薪、野果，建屋，煮食，當然還有扶育小孩。是的，她們會建屋。她們用樹幹排列成圓圈，再塗上泥塊，留一洞口出入，屋頂由茅草編成圓蓋，室內黯暗，只鋪一二牛皮作墊。不是豪宅，好處是易建易拆，房子可以流動。每年總要遷徙三、四次。

屋內沒有照明，辛巴女子的家務，大多在室外，室外保持一堆炭火，她們於是同時參與群體的社交活動。從圖片，從錄像所見的辛巴女子，都活潑健碩，節慶時唱歌跳舞，她們赭紅的膚色就是美麗的服裝。大家簡單地生活。偶然也會走到鄰近人口較多的小鎮，買用品、藥物。

女子的頭髮，大多梳成辮子 dreadlocks，或者簡稱 locks，辮子用紅泥黏結，辮尾再散開。看來每天要花不少時間打理，顯然是愛美的民族。這種髮式，過去我以為來自二十世紀三十年代興起的 Rastafari movement，這宗教運動以東非埃塞俄比亞皇帝塞拉西一世為教主，教徒都梳這種髮式，教主反而不梳。歐美有一陣非洲熱，女子當是時髦，不過不用紅泥罷了。這髮式原來起源於更早的北非，古埃及的雕塑已可以見到。辛巴的已婚女子，頭上再多打一個蝴蝶結，胸前還掛一個貝殼。至於男童女童，也梳辮子，有趣的是，方向不同，男孩的髮辮朝腦後梳，女孩則垂額前。我也做了兩個女童，髮辮比較少。

這是個和平的部落，如果有敵人，那是惡劣的自然環境，沒有甚麼資源，又經常鬧旱災，這方面，他們不可能戰勝。一九八〇年代最嚴重的一次，曾令辛巴人死去九成的牛隻。牛隻是他們全部的家當，而不是房地產。辛巴人全變成難民。經國際援助，總算不致絕滅。此外，還有疫症，還有鄰國殃及他們的內戰。

以前到埃及旅行，小攤子的人問我手中拎的是甚麼。答：傘子。那人大笑，説這裏四十年來都不曾下雨，下了，在半空早蒸發掉。但想了想，終於用紙莎草畫跟我交換，因為傘子除了擋雨，還可以防曬。辛巴人不是不怕曬的麼？在圖冊中卻也看見撐着陽傘的母親揹着孩子在打電話，而且在小鎮的超市裏推着購物車。這當然是和外來訪客接觸的緣故。但超市有冷氣麼？這個電話可以接通另一個電話麼？

外人來了，帶來了許多其他的東西。有些問題很簡單，有些，卻很複雜，可沒有萬應萬靈的解藥。挪威和冰島的政府曾好心為辛巴的年輕人提供免費教育，可是學了一些西方知識的年輕人回來，卻發覺對實際生活並沒有幫助，因為沒有配套，他們不懂得遊牧打獵的技巧，也不再甘心於遊牧打獵的生活。二〇一〇年納米比亞政府終於接管辛巴人的教育，為他們提供流動的學校。汽車學校來了，讓大家識字讀書。

遊客也來了，由導遊帶領。辛巴人因此可以獲得糖果、麵粉、煙草之類，可以售賣他們的手工藝，並且表演舞蹈，收取小費。遊客希望看到真正的土著，於是土著為遊客扮演自己。不過，身份一旦成為商品，恐怕就成為一種固定的看法，認定他們是這樣的，也只能是這樣的。矛盾的是，當遊客看見土著跟自己沒太大的分別，又會認為是失真，是商品化。這還是觀光麼，打了奇怪的針藥，忍受長途的飛行，走了崎嶇的路，多麼不容易，可沒有看到真正的東西。比方說，不穿衣服，文明人會覺得尷尬，會感到羞恥，文明的教養就是這麼一回事。另一面，卻又對辛巴人不穿衣服表現充分的理解。穿上衣服的辛巴人，還是辛巴人麼？跟其他非洲土著不同的是，辛巴人較能維持傳統習慣，無需為遊客怎樣扮演。遊客於是看到他們想看的物事，回家後，把獅子、犀牛與土著一併放到網上，讓大家分享，這才算是一次成功的文化交流，有些還記得一兩句土語。

能夠去看，去聽，去感受，令我羨慕，但只怕有些地方，很奇怪，去到了，卻比沒有去變得更遙遠。

阿肯

一

每年八月，加納的阿散蒂人（Asanti）會慶祝他們的國慶，說是國慶，應該是過去式，因為這個阿散蒂王國在幾個世紀之前已經消失了。不過，國家沒有了，國民依然存在。當年王國的首都庫馬西（Kumasi），現在變為一個行省。當年王族的後裔代代相傳，不再是國王，變了行省的酋長，庫馬西就是阿散蒂人聚居的部落，這樣的部落多得很，各省行政長官省督多是部落的酋長，由他們來管理當地的土人，好像是理所當然的事。

阿散蒂人在庫馬西舉行的慶典真是人山人海，擠得水洩不通，一眼看去，全是彩色鮮艷的傘海，傘是平頂的，邊緣垂下荷葉邊。最奇怪的是，除了傘，許多人舉起一張張木頭凳子。要打架了？不，那邊有一隊人馬走過來了，他們是酋長和他的家族，以及一群官員。在隊伍的前面，有人用儀仗開路，其中有人抬着一把金色的凳子。原來金凳子是阿散蒂王權的象徵。根據傳說，王國的第一代君主奧塞·圖圖加冕時，天上落下一把金色的凳子，恰好落在君主的膝上，從此金凳子就代表王權，代表國家民族。但這張珍貴的金凳子，平日守備森嚴，每二十年才向公眾展示一次。

古阿散蒂王國位於西非，北面是撒哈拉沙漠，南面是幾內亞海灣（Gulf of Guinea）。地下埋了金礦，地上長出可可，這本來是個資源豐足的國家。沙漠南北，又有三條通道，可以駱駝往來。阿散蒂正好位於其中一條，成為貨物的集散中心，黃金運到北非去，食鹽則從北非運回。對土人來說，鹽比金珍貴。然後，十九世紀英國開始沿岸蠶食；一九〇一年，整片土地淪為英國殖民地，命名為黃金海岸。

但阿散蒂人豈會輕易向入侵者屈服？多年來，他們發動抗英戰爭，每次都因武器落後而失敗；英國人的軍隊由尼日利亞的豪薩人組成，那是非洲人打非洲人。

最後一役，就名為「金凳子之戰」（War of the Golden Stool, 1900-1901）。這次戰爭，英國的殖民地總督除了索取上次戰爭的巨額賠償，還粗暴地要阿散蒂人交出金凳子讓他坐。當時的國王是納納．普佩倫一世，早被英方放逐到塞舌爾群島（Seychelles）去。

國王離國，按國法由母后（Queen Mother）執政，她是王族中最有權力的人物，權力尤在國王之上，她不是國王的妻子，也不一定是國王的母親。阿散蒂族是母系社會，女性掌權，國王可不是父子相承，而是通過選舉，由族中的女長者投票，都是王室中人，且是先王的姐妹，或者母親。所以，新王和女長老是外戚的血親。

要奉上民族象徵的金凳子，各部的酋長舉行會議。其中衣吉蘇（Ejisu）的政權由納納．亞阿．阿散蒂瓦（Nana Yaa Asantewaa）執掌。她是衣吉蘇的母后（Mother Queen of Ejisu），本部的酋長是她的外孫，跟隨國王被遠逐。後來的加納人，無不認識這名字。納納，是王室的稱號。英人放逐國王，又索取金凳子，大部分的王室部族都退縮害怕，都覺得無可奈何，有的提出不如去乞求總督大人吧。但她站起來，這是國家的尊嚴，過去阿散蒂英勇的時代固然不可以，現在也不可以，我們要抗爭。她說：「你們阿散蒂的男人要是不敢上前，那麼由我們來，我們女子敢於上前，我會號召我們的女子同胞，抗戰到底。」她的說話感動所有酋長。族人立即組織起來，另一面又把金凳子埋藏在森林裏。最後，她戰敗了，連同王族和官員三百人，一併被放逐到塞舌爾，一去二十五年，就在異鄉過世。她死後三年，國王獲釋回來，並且運回她的遺骸，給予隆重的國葬。英國人並沒有取得金凳子，阿散蒂沒有失去國家的尊嚴。

我為這位民族女英雄縫了一個布偶，向她致敬。我參考她的塑像，讓她穿一襲傳統的戰衣。那戰衣上原本用皮革製成一個個的小袋子，內藏伊斯蘭的經句、草藥，都是上陣的護身符。我本來也想用皮革縫，失敗了，因為我沒有縫皮革的針，結果做了小布袋。半世紀後，她的夢想實現了，又保存了國家的寶物，她開懷了。

二

早在十四世紀，西非地區的阿肯人（Akans），住在森林邊緣，種植可可和木薯，並且開採黃金，漸漸富裕起來，掌控金礦的人成為新酋邦的部落長。阿肯是個大族，阿散蒂人就屬於阿肯的一支，其他還包括芳蒂、阿妮、布龍等等。他們同樣一直奉行母系繼承制，酋長並不傳位給兒子，而傳給外甥。十五世紀七十年代，葡萄牙人在西非沿海貿易，購買阿肯人的黃金，以貝寧（Benin）的奴隸、棉布，以及新品種的巴西玉米和木薯交換，促進了阿肯人的經濟發展。十六世紀，出現了許多阿肯國家，如登肯立（Denkyiro）、阿奈姆（Akwamu）、芳蒂（Fante），這些國家從事奴隸買賣，惡名昭彰，彼此之間又不斷爭執，結果被阿散蒂王國兼併了。

二次大戰期間，殖民地對盟國的貢獻極大，戰後民族主義抬頭，非洲各地出現各種各樣的政黨。聯合國成立後，自治的呼聲更高唱入雲。英國人統治了黃金海岸五十年，在後期為了方便管理，也因應時勢，不得不培養一批專業人才，除了決策的高官來自英國，一般的公務員讓當地人承擔，這麼一來，就必須投資教育，所以多年來造就不少律師、醫生、商賈、教師。英國人的教育，當然鼓吹大英主義，為大英效忠，這壞處也是它的好處，它同時教你怎樣理性地思考問題。人受了教育，如果不是片面、愚蠢的教育，最終就會查問自己的身份，要求平等的權利。日不落帝國的屬土總是這樣，看見太陽，可也看見月亮。黃金海岸這群精英，終於在一九四七年建立了自己的政黨，名為黃金海岸統一大會黨，他們反過來要求提早自治。領袖是大律師丹夸博士，他認為黃金海岸這名字帶有濃厚的殖民地色彩，提議改為加納，因為早在十一世紀，這地方是加納王國，與鄰近的馬里王國和桑海王國齊名，雖然後來為馬里所滅。

丹夸要聘請一位全職助手協助黨務，有人推薦了恩克魯瑪（Kwame Nkrumah）。恩克魯馬的背景其實大家都不清楚，只知他是個窮學生，曾在美國留學，後來又到了英國深造，在政治上表現雄心壯志。怎麼見得？因為他放棄了學業，回到祖家，投入反殖運動。他成為統一大會黨的總書記，但不久就和丹夸鬧翻了，自行組織了人民大會黨。他號召的是青年人、下層的工人，出版刊物，全國奔走宣傳，爭取自治，不是提早，而是立即。一九五〇年被捕入獄，在獄中，他仍然當選立法會議議員。當時，英國官員和當地長老協議，制定了一套改革的憲政，實行歷史上的首次普選。選舉結果，人民大會黨大勝。一九五七年三月六日加納宣佈獨立，恩克魯瑪獲得特赦出獄，當了總理，首都是阿克拉（Accra）。這原本是半世紀之前亞阿．阿散蒂的夢想。稍後又廢除帝制，他成為總統。

恩克魯瑪年輕時很有魅力（charisma），是群眾的偶像。可惜接手實務的建設，單靠魅力原來無濟於事，他好大喜功，批了許多大而無當的工程，結果把加納的經濟搞得一團糟，官僚越來越腐敗，而他又大搞個人崇拜，以救世主自居，變得越來越獨裁，他甚至要做終身總統。他花了大部分的時間和精力組織非洲國家聯盟，反應並不熱烈。他大概也以為，非洲的國家只是地理上的名詞，但膚色，僅僅是膚色，難道就可以簡化為一致的認同？他最後被軍人推翻，客死異國。

恩克魯瑪是許多魅力型革命家的縮影。生前，他曾經向少數信賴的人剖白，自己是個非常、非常孤獨的人。在他權力最高峰的時候，奇怪地娶了一個埃及女子，婚前從未謀面，而且語言不通。

三

英國小說家博伊德（William Boyd）寫過兩本以非洲為題材的小說，一本是《冰淇淋戰爭》（*An Ice-cream War*），另一本是《非洲一好人》（*A Good Man in Africa*）。他寫的非洲，是加納。他在加納長大，因為父親在非洲行醫。那時正是加納獨立的前夕，國家仍由英國人統治。主角是一名政府的一級秘書，主要處理護照的簽署工作。他的頭頂上司是英國人，另一個則是娶了白人妻子的黑人。小說的第一句就說：「你是個好人。」這個好人，活得很不快樂，因為上司把他當狗一樣差遣。他有一個情婦，但對於女性，他來者不拒。先是和上司的女兒交往，以為可以因此升官，人財兼得。哪知新來一名二級秘書，不多久就宣佈和上司女兒結婚了。黑人上司的妻子跟他幽會，無非是希望他簽發護照，以便她可以和丈夫離婚返回祖家。姦情被揭破，黑人上司要脅他，要他說服大學的校醫同意出售校內的空地。

為甚麼要由他做說客？原來這個來自英國的校醫，一直要求大學擴建醫院，反對把校內的土地出售。但其實空地已被黑人上司侵吞了，成為他個人的物業。醫生很正直，耿介不群，邪惡無法接近，好人跟他是比較能夠說話的人。書中真正的好人，原來是這個醫生。學生抗議腐敗，遊行示威，被軍警打傷了，他就為他們療傷。醫生的原型，可能是小說家自己的父親，不過我總想起另一位到非洲行醫的偉人史懷惻醫生（Albert Schweitzer, 1875-1965）。好人壞人，怎能以膚色劃分？

小說最有趣的地方，是寫一位英國女伯爵將要訪問加納，下榻好人上司的官邸。官邸的一名女僕在天井不巧遇上閃電，被雷電擊中死亡。處理屍體的任務落在好人頭上。他趕到天井，囑咐僕人工作，可沒有人聽從。他們說女僕一定是觸怒了雷神 Shango，受了懲罰。誰還敢碰她？屍體就這樣曝攤了三日，臭氣熏天。好人很生氣，卻又沒有辦法。他懇求僕人幫手，僕人告訴他：找祭司吧。祭司原來是女的，當然要收費，大官邸麼，收費當然要高數倍。到了今天，在加納，在非洲一些地方，即使信奉基督（加納超過四成人是天主教和新教教徒），要是遇上難題，不知何去何從，仍會像他們的祖先，偷偷去找祭司求助。其實，這又何止非洲？生命裏有太多理性不能解決的問題。不能解決的問題，於是不成問題，人需要的，是心靈的慰藉。

所以，誰敢看低女祭司呢？她們不但會治病、驅邪、溝通鬼神，還會處理從出生到死亡的各種事情，再看事情的大小收取費用。女祭司都是專業的，從小被選中，接受訓練，跟一般的巫師不同，也不是伏都教徒（Voodoo）。古代傳下來的教派，可不容易說清楚。每年的木薯節（Yam Festival），女祭司會群集表演舞蹈，穿白色的及膝裙，手腳繫上飾物，臉面抹上白瓷粉，頭戴鑲上海貝的紅帽子。她們的舞蹈，有點像土耳其教士的旋轉舞，隨着鼓聲不停地旋轉，轉呵轉，直轉到昏迷。

女祭司的發源地是西非，女祭司也有學校，創設於象牙海岸 Tenguelan 城，離加納很近。女祭司大多是阿肯人的一支，名阿妮（Agni）。我想，我們寫作的人有時是否也在扮演女祭司？我於是按照圖片也做了一個，參加她們的舞會。

芳

從前，在十三世紀的從前，非洲西部有一個地方名叫塔多（Tado），位於大西洋北面、莫諾河右岸。不過是一塊很普通的土地，卻住了許多不同的部族，由於人口增多，糧食缺乏，族人又多紛爭，因此戰亂不斷，結果許多部落衰亡，更多的遷走了。最後，爭戰到十七世紀，仍留下十多個王國，其中一個，是芳（Fon）族人建立的阿波美王國（Abomey）。

阿波美王國的開國君主達科（Dako Donu, 1620-1645）是位出色的軍事家，又擅長行政組織，他把阿波美平原一帶的芳族村莊聯結起來，擴大了王國的疆域，並且蠶食附近的外族。他的兒子阿奧（Aho；又名烏埃格巴札，Houegbadja, 1645-1685）同樣能幹，建立了一支由親屬和親信組成的軍隊，又召集了氏族的首領，編成另一支征伐大軍，最先運用夜襲的戰術；選定阿波美為首都，正式改國名為達荷美（Dahomey）。

即使在十七世紀，當其他王國停留在鬆散的部落組合，達荷美的管理規模已相當完備，有分工的官僚架構，有講究的宮廷禮儀，內政開明，也改革稅制，頗受族人擁戴。不過，王權和神權高度集中，國王不受任何政治集團的羈絆，他可以自己決定繼承人，選用官吏。他立法，同時執法。他組織了一隊強大的常備軍，最特別的地方是，禁衛軍由女子組成，女兵個個武藝高強，受過嚴格的軍訓，勇敢善戰，而且戰無不勝。這隊娘子軍遠近馳名，成為達荷美在非洲獨有的特色。此外，達荷美還創建了新的軍制，又運用新的戰略。前者是以長帶少的軍訓制，成年出征時，十二歲以上的男孩就得追隨學習，換言之，男孩很早就參加戰鬥，要是他們沒有戰死，長大後就是幹練的戰士。至於後者，有一個名字，叫阿格巴基貝托（aghadjigbeto），這是國家的特務組織，專門訓練職業間諜，深入鄰國刺探情報，所以打仗時，往往洞悉對手的虛實。這在古代非洲，倒相當前衛。所以，雖然外敵眾多，戰爭頻繁，王國仍然屹立不倒。依照當時形勢，達荷美不久就會統一塔多各部，成為超級大國。要是，沒有殖民者入侵的話。

殖民者從水路來，繞過大西洋，到達西非。非洲早期人民的悲劇都集中在西岸。儘管西非的納米比亞受一段凶險的海岸線保護，名叫骷髏海岸，風高浪急，礁石險峭，沙灘上至今還殘留許多從歐洲遠航而來的破船，先是葡萄牙的，然後是荷蘭的、西班牙的、德國的、法國的，原本都漂亮先進。德國人終於率先上了岸，佔領了納米比亞，屠殺了四分之三的赫羅萊族人。葡萄牙人則沿着西非海岸南下，航向東方，目標是絲綢和陶瓷的原產地中國。船隻最初到達如今的塞拉利昂，那裏地勢低平，雨水充沛，是處沼澤海岸。翌年，再去遠些，到了如今的利比里亞海岸，那裏樹林茂密，長滿胡椒樹。胡椒葉是猴子最愛的藥物，抹擦身體可以滅蟲殺虱。胡椒當然也是葡萄牙人喜愛的調味品，過去從印度入口，價值不菲。這胡椒口岸有利可圖了。這海岸後來又叫穀物海岸。法國人的船隻繼續南下，進入幾內亞灣。這是赤道地帶，氣候濕熱，大群的非洲象在樹林間閒蕩。不多久這地方變成了象牙海岸，依法音則譯作科特迪瓦（Côte d' Ivoire）。然後，船隻到了現今的加納，發現遍地金沙，就叫做黃金海岸，傳聞馬上從一隻船傳回另一隻船，歐洲的冒險家都爭先恐後，要到非洲來了。財富產生的不是朋友，而是敵人。荷蘭人趕走葡萄牙人，英國人趕走荷蘭人，法國人又和英國人分贓，結果，他們發覺最值錢的還是人，是黑皮膚的人，於是整條海岸線成為奴隸海岸。千千萬萬的青壯奴隸從西非像貨物那樣，運往歐洲、美洲。另外的千千萬萬在旅途裏死去。廿一世紀的今天，奴隸買賣已廢除，同樣的西非海灣，又變成了石油海岸。

奴隸業風行的時代，整條奴隸海岸佈滿貿易的商站和碉堡，所謂碉堡，其實是轉運奴隸的驛站，用來囚禁、等待船隻的黑獄。達荷美國王阿加札（Agadjo, 1708-1732）反對奴隸貿易，曾經洗劫沿岸的商站，又圍困歐洲人的堡壘，阻止內地黑人進入沿海通道，禁止輸出男性奴隸，還派代表到歐洲游說，他說達荷美是農業國，需要大量勞動人手。結果是對牛彈琴。到了蒂格貝蘇（Tegbesu, 1732-1774）繼位，情況就變了。由於不和魔鬼合作，不輸出奴隸就得不到先進的武器和物品，難以應付強鄰，鄰族都已經成為魔鬼了。非洲人的確出賣過非洲人，西非各國把戰俘販賣，又同意作為轉運站，把北方的奴隸源源不絕運向南方，數額不足時就把本國的犯人押上。不過，達荷美的族人總算受到國王的保護。

法國在西非用賄賂和結盟兩種伎倆，與大西洋沿岸的眾多國王以及部落酋長簽訂保護條約，說是由法國保護他們，譬如波多諾伏王國吧，達荷美如果向該國動武，等於向法國宣戰，法國就有義務出兵。保護費當然是要付的，達荷美以北的大片地區於是變相成為法國的屬土。法國的如意算盤是，從塞內加爾經乍得湖，到紅海沿岸吉布提，建立連成一線的法蘭西帝國，這等於把非洲橫切一刀，而霸佔中間的土地。這夢想可先要奪得達荷美王國。這達荷美的芳族人，卻好像某些地產商要重建豪宅而死命不肯遷離的原居民。收買不了，就動用武力。可是法國遇到對手了，這時的達荷美君主是第十代的貝漢津（Behanzin，又作 Gbehanzin, 1889-1894），他堅決要對抗入侵者。

這時候的達荷美，國家富裕，軍隊勇敢出色，和法軍苦戰了四年，每次，國王都親自抗敵，率領一萬九千人的常備軍，加上四千名威武的娘子軍。法軍多次敗北，僅靠武器精良，從進攻退為防守。貝漢津很清楚新式軍火厲害，就向英、德購買步槍二千支、火砲六門、重機槍四挺，以及大批彈藥，又自設小型兵工廠，製造歐式兵器。法國最後出動十艘軍艦、三千五百官兵，還動用海軍陸戰隊、砲兵、騎兵、工兵。戰況十分激烈。最後達荷美戰敗，死四千人，傷八千；女兵全軍覆沒，一個不存。貝漢津唯有提議和談。法方下令交出武器，並要求巨額賠款。貝漢津於是燒毀王宮，率餘部北撤，晝伏夜出，以游擊方式繼續抗爭。可惜部隊中天花肆虐，戰鬥力大減。加上國內酋長和貴族投敵，法軍攻毀都城後，罷免國王，另封其弟古奇里（Agoli Agbo）為王，達荷美終於淪為法國的保護區。貝漢津知道再打下去，已無可能取勝，只會犧牲更多族人，就放下武器。他為戰死的達荷美將士舉行紀念儀式，發表告別演說，感謝他們為國捐軀。然後去見法軍總司令。他拒絕和法人握手，委派自己的軍官去處理問題。他說只能和身份相稱的對手談判，所以提出會晤法總統。法國人一口答應。天真的非洲國王於是帶同親屬、隨從，登上法國軍艦。他永遠也不會見到法國總統，也回不了家鄉，而是到了孤懸在加勒比海的馬提尼克島，遭囚禁了十二年，死於異鄉。死後二十二年，骨灰才由兒子運送回國安葬。一九六〇年八月一日，獨立為達荷美共和國；一九九〇年三月一日，改名為貝寧共和國。

達荷美並不是一個只會打仗的國家，芳族人其實愛好藝術。他們建造了美輪美奐的王宮，宮內有各種手工藝的專業，有眾多的雕刻家、銅匠、鐵匠、織工、裁縫師。芳人的青銅像尤其著名，其中的精品，如今都流落在法國的博物館內。想想看，歐洲著名的博物館，多少是名正言順的收藏，而不是用槍砲搶回來的賊贓？它們原本也是有生命的，卻永遠不許回國。

恩東戈和馬塔姆巴的女王

非洲版圖像甚麼呢？放橫看，皮靴。垂直看，花斑斑的襪子。

朋友可是說，一隻在跳芭蕾的腳。

這可是歐洲人優雅、浪漫的想像呵。

在西南非洲納米比亞之上，剛果河（一度名扎伊爾河）一分為二，河的兩岸土地肥沃，是居住的好地方。歐洲人稱這地方為安哥拉。沙漠裏，有水就接近天堂。十五世紀時，這裏出現了許多部落，說班圖語，主要是基姆本杜人，由東北部遷徙而來。部落與部落連結，成為酋邦（chiefdom），酋邦與酋邦再合成獨立的小王國。其中有剛果王國（不等於現在的剛果）、恩東戈（Ndongo）王國、馬塔姆巴（Matamba）王國等七八個之多。這時候，葡萄牙殖民軍已佔領巴西，開發甘蔗園。他們在大西洋靠近安哥拉發現兩個孤島：聖多美島（Sao Tome）、普林西比島

（Principe），就以這兩個島做基地，把本國不受歡迎的人流放到來。葡人到非洲，跟西班牙、荷蘭等歐洲人一樣，為的是黃金、銀、香料。哥倫布出海遠航，要「發現」的是黃金、銀、香料，這是他吸引贊助的理由。

起初，葡人還只是來做些蔗糖的生意。原來島上的火山土壤最適合種植甘蔗，生意於是越做越大，聖多美島成為非洲出口蔗糖到歐洲最多的地方。這麼一來，需要更多更多的勞動力，本國罪犯，嫌太少了；願意到遠地做勞工的葡人又不夠多。最好的辦法是就近收買非洲的土著，例如安哥拉各小王國內戰時的俘虜。這些部落往往把俘虜當做奴隸，奴隸可以為自己無償勞作，如今還可以典賣。這成為黑奴的一個起源。

一五三二年以後，奴隸貿易火紅起來，在中、南美的歐洲殖民，開始從非洲購買貨物那樣購買奴隸，而且越買越多。人把不同膚色、不同信仰、不同生活方式，或者物質條件不如的異己不當人，當奴隸，這是多麼傷感的話題，但這種做法，從來沒有因為文明進步而成為歷史，只是變變形式罷了。你以為人與人、國與國，已沒有歧視麼？恩東戈王國位於大西洋海岸，這邊的海岸看來比南邊納米比亞的骷髏海岸安全得多，令葡人垂涎，要比荷蘭人、英國人捷足先登。於是文攻武略，傳教士來了，軍隊來了。還有，挑撥部落之間的戰爭。

當時，恩東戈王國的國王名恩津加·姆本巴（Nzinga Mbemba），又名恩哥拉·基倫熱（Ngola a Kiluanje），Ngola，是國王的意思。他和葡萄牙人交易，一直堅持平等互惠，必要時兵戎相見。葡人初來，也沒有他的辦法。恩東戈因此換來白人的玉米、木薯、花生、煙草、刀和鍬，都是非洲人喜歡而缺乏的物品。鄰旁的剛果王國眼紅了，引起同族之間內戰。恩哥拉過世後，由恩坎加·姆本巴（Nkanga Mbemba）繼位，卻虎父犬子，軟弱無能，本土的內敵，他應付不了，更不要說強大的外敵了。下場是被馬塔姆巴王國女王恩津加·姆普迪（Nzinga Mpudi, 1582？–1663）廢掉。這位女王是恩坎加的姐姐，馬塔姆巴是母親的外家，她長大後成為那裏的女王，有自己的女兵團。她自幼觀看父親管治，又追隨打獵，甚至打仗，據說頗得父親的鍾愛。有一個傳說是，她把弟弟殺死了。

女王同時領導恩東戈和馬塔姆巴，她的故事，有許多不同的版本。一次，恩東戈和葡萄牙兩國舉行會議。女王來到會議大廳，只見葡國大使已經安坐椅上，而廳中再沒有其他座椅，地上只放了個坐墊。這樣子簽訂的條約，還會是平等的麼？她怎樣反應呢？向隨從示意，一名隨從馬上走到女王身邊，彎身俯伏，手足按地，成為一張凳子。女王施施然坐在凳子上，展開談判。

這位精明機智的女王，領導國家，對抗遠航而來的強敵長達三十年，漫長的作戰，有勝有敗，受內外的夾擊，有時還要退守馬塔姆巴，可從來沒有投降，沒有辜負父親與國人的期望。她更曾施展外交策略，拉攏荷蘭結盟，抗衡葡國，她並且成為天主教徒，宮中任命外國教士當顧問，知己知彼，學習他們的管理和技術。後來形勢轉變，又改為和葡國訂約，對抗荷蘭。她在外來強勢文明的壓力下，總找到民族自主之道。至於上述的會議，可不是傳說，因為其中一位洋教士是畫家，為恩東戈畫了一些水彩畫，像後來的攝影，捕錄了這麼一個場面。我也為這個場面做了兩個布偶。

後來安哥拉在一九七五年獨立（聖多美和普林西比也在同一年獨立），但國家的前路怎樣呢？照例有不同的意見。安哥拉不久捲入內戰，漫長而血腥。不過無論政見怎麼不同，安哥拉人對這位恩東戈和馬塔姆巴的女王一致推崇，為了紀念她，在首都羅安達建立雕像，認為她是安哥拉以至全非洲歷史上最傑出的女性。

安哥拉（Angola）這名字是從 Ngola 而來，這是葡萄牙人的誤解，本來是國王的泛稱，變成了國家的名字。女王八十一歲過世後由她的幼妹繼位，但個人的能力、國家的實力，都大不如前，而奴隸貿易已變得如火如荼。歐洲人的堅船利砲，土著抵擋不了。一六六五年後，恩東戈、馬塔姆巴等不得不向葡萄牙稱臣。從十六世紀到十九世紀，安哥拉成為南美，尤其是巴西，輸出奴隸的工廠，安哥拉至少失去四百萬的青壯。

據說在更久更久之前，恩東戈也有過一位女王，但我們不知道她的名字和事跡。

桑

有一名女子，西方人戲稱她露西，生活在離我們遙遠的三百五十萬年前，在非洲，考古學家驗明，她曾經生過孩子。孩子大了，為了謀生，就離開祖家，有的越走越遠，各自組織了自己的家庭，發展了不同的事業，連語言、習慣都變了，還包括膚色。時代久遠，沒有人有一個完整的族譜，難怪有人根本否認露西是自己的祖母。但她的其中一個後裔，如今仍然在非洲生活，是桑（San）。桑屬於科伊桑語族，他們身材並不高大，約一點二米，皮膚也不太黑，呈黃褐色，許多自幼就一臉皺紋，好像很老的樣子；鼻子扁扁，頭髮稀疏，捲曲如胡椒子，眼睛像杏仁，耳朵沒耳珠，照現代人的標準來說，其貌不揚。因為過的是狩獵、採集的生活，居無恆所，總在山野林間穿梭，歐洲人蔑稱他們為「灌叢人」(Bushman)，音譯布須曼人。

桑人的社會是一個個小群體，分散非洲南部各地，由此產生不同的稱號，像薩爾瓦人（Basarwa）、科圖人（Bakgothu），都是同一族源，還有塔馬拉卡內河沿岸的巴諾卡人（Banoka），又被稱為河邊桑人（River San）。生存方式因應環境，河邊的桑人，改狩獵為農耕，且是捕魚高手。不過無論怎樣叫法，都以Ba帶頭，那是「人」的意思，可以前綴，也可以不加。就像博茨瓦納（Botswana），tswana是名字，Bo是「國」的意思，據說這是茨瓦納語的特色。

桑人說話則帶一種卡拉卡拉的聲響，可前可後，譬如要說San，就是先發一個卡拉聲，才到San的語音。如果用文字符號表示，則是一個感歎號！寫成「!San」。荷蘭人見桑人說話結結巴巴，叫他們「霍屯督人」（Hottentot），像魔怪小說裏的丑角。他們的語言，也許不足以讓他們在樹叢中思考人生的意義，卻夠他們識別各種樹木、各種隱蔽或者已經絕滅的動物，了解牠們的習性、聲音，以至樹林裏的不同通道。在聲大氣粗的文明人到來之前，這些，未嘗不是一種有效的溝通方式，一種有尊嚴的方式。

他們在非洲生活，和平，單純，不少於九千年，早年班圖人從北向南遷徙，沿途與原住民爭地，桑人總是退避。早期出現在荷里活電影的，是強獷的祖魯人，出現在旅遊雜誌上的，是馬賽人。桑人出現呢，是鬧劇《上帝也瘋狂》（*The Gods Must Be Crazy*, 1980），主角叫歷蘇，電影曾經很賣座，賣點是這個土人對物質文明世界的無知，這就是西方視覺下的布須曼人，是對土人原始信仰的嘲諷。但根據人類基因的排序，他們其實是人類的始祖。因為時空的落差，人類竟然可以看到自己的祖先，活生生地仍然過着原始部落的生活，這樣想想，就不會覺得有甚麼可笑了。

桑人雖然散居，小群體之間卻並非不相往來，彼此經常互訪，以物換物。他們的生活，大抵還是自給自足。他們的住屋，用樹幹茅草搭成，像煙囪，沒有甚麼家具，只有些葫蘆水勺、鴕鳥蛋殼的容器、鋪地的草。隨時可以搬移。他們不穿鞋子，不穿衣裳，平時用獸皮圍腰，早晚天涼就披上獸皮斗篷，喜歡把鴕鳥蛋殼、獸牙獸骨製成項鍊、臂環。他們仍然鑽木取火。女子負責帶孩子、煮食、取水，以至採摘果子、鳥蛋、蜂蜜；男子則製作毒箭以便捕獵。捕獵可是族人神聖的大事，早一個晚上，先進行一番儀式，族人圍繞着火堆起舞，雙腳用力踩踏，彷彿向大地的神靈請示，祈賜他們力量，並且警告群獸。捕獵的方式也很特別，往往花半天追隨目標，直到目標筋疲力竭才放箭殺戮，然後全體人一起分享肉食。一個部落，通常不過四、五家人而已。病了，就請巫醫驅邪。死了，就葬在屋後。墓穴多了，當然就是搬家的時候了。

數千年就這樣過去。然後，一個下午，一列白色的貨車輾過叢林，遠遠駛來，從車上跳下一幫穿制服的人，把桑人的村屋搗毀，打破水箱，倒入沙土，村民老少全被抓上貨車，開走了。三萬年的文化歷史，只需一個粗暴的行政指令，幾分鐘就可以抹掉。政府為了擴建國家公園，發展旅遊業，乾脆把桑人移走，送到特別安置區去，桑人從此要改業種田。時代不同了，官員說。除了國家公園的旅遊業，其實還有另一更大的財源：開掘金礦。

直至二〇〇六年，法庭才判定政府強遷馬賽馬拉國家公園周邊的桑族人並不合法。桑人完全可以回去居粗拙住。但桑人回到他們的祖家，卻發覺水源受了破壞。

沒有水，在非洲，如何生活呢？環境也不同往昔，再難以捕獵。如今，桑族的人口總數，只剩下五萬五千。在非洲，即使其他的族群也看不起他們。失去土地，失去祖業，終日無所事事，許多都變成需人接濟的酒鬼。一個善良的部族，就這樣被毀了。那位最出名的歷蘇，做了一陣影星，商人發過小財，返回故鄉後，連免疫能力也喪失了，暴死草原。

在非洲中部和南部，無數險峻瑰麗的山洞中，有不少先民繪畫的壁畫，以紅色、黃色、白色和黑色畫成，用的是枝條、木炭，或者手指，繪畫的是人和動物，有長頸鹿、犀牛、大象、瞪羚等等，線條粗拙，但生動、優美，大多是桑人留下的珍罕遺產。他們是我們認識的人類最早的畫家。他們懂得欣賞生活的美，會觀察，會表現男女獵手；會表現手持挖掘棒用以採集食物的女子，為了增加重量，木棒套上穿孔的石塊。他們還會細緻地表現懷孕的婦女，用的不是數碼相機或者手機，而是一種原始的語言。他們向後人表現了非洲的夏娃。

森林人阿卡

自高自大的地球人，把身高一米半（五呎上下）的同類稱為「俾格米人」（Pygmies），這詞有貶義，和小妖怪的意思差不多。以往，譬如古希臘的荷馬，就當他們是侏儒；在古埃及，貴族把他們和侏儒一起養在家中當寵物，在賓客前表演，逗人發笑。再然後在殖民時期歐洲人到來，把他們擄去、買去，放在馬戲班、動物園、宮廷，當是怪物，又或者是，有趣的奴僕。侏儒，可能是疾病、不人道的傷害所致，「俾格米人」則不是。當然，也有科學家研究他們比較矮小的原因，一些認為那是因為他們生活在森林中，長期不見天日，缺乏紫外光的照曬，不能製造適量的鈣。我沒有能力判斷，不過立即聯想到童話的故事，那七個生活在黑森林裏的小矮人，可都不是壞人。我的朋友有一個笑話：長得比他高的就高，比他矮的就矮。再進一步説，膚色比他黃的、黑的，都缺乏應該有的甚麼，因為他有，所以他們都有病。

其實，他們是真正原始的森林人，屬南方古猿的後代，有自己的族名，如今只餘下二十五萬人左右，分散在非洲中部八個國家，包括四大群體：Aka、Baka、Mbuti、Twa，總名是Bayaka。其中Aka（阿卡）血統最純，生活在剛果東北部伊圖里森林至深處，與外界不相往來，最能保持自己的特性。其他的森林人，因為戰爭、疾病、外人的入侵等等，不少離開了森林，成為村莊人，或者與別的部族同化。

森林人當然住在森林裏。但甚麼是森林呢？別以為我們真的認識。我們這些城市人，生活在密集的城市森林裏，重重玻璃屏幕，到處都是指示、路標，而且，我們生活的香港，還有一個特別溫馨的提示：不要在酒後駕車。這在外國很少見，你以為你因此更安全了麼？偶然到郊野、到離島，見樹見林，高興極了，就以為到了森林，實則那只是樹林罷了。

森林，這兩個漢字很好，保存了數千年來本來的象形，我們看見叢叢高大的喬木，繁密，自由地生長。聲音也動聽，詞意更給人聯想：深邃、神秘，因為樹木之下還遍生各種植物、草菇之類，有毒的和沒有毒的。而且森林裏還棲息了各種各樣的生物，友善的和不友善的，有的很珍稀，有的，千萬年來與塵世隔絕，是我們的同類。

幾年前，為了看野外的紅毛猩猩和長鼻猴，我算是淺嚐過森林的滋味，還看過世上最大的花朵：萊弗士花，難得盛開。可是走進林中，不到十分鐘，已經被樹木、藤蔓、根莖大葉團團圍住，那是植物的迷宮，不辨東西南北，一地的枯葉泥石，又有細水流淌，濕漉漉的，根本沒有路。花看過，再闖了一回，年輕的導遊轉過頭來，沮喪地，好像向我們告解：迷了路。我們還不過在森林的邊緣，已經比迷失在沙漠更可怕。因為我們早已和大自然割離，我們破壞大自然，偽造大自然，大自然於是對我們也充滿敵意。

數千年來，阿卡人可以安全住在森林裏，不是沒有理由的，他們熟悉森林，從沒有離開森林。他們偶爾走出來，和附近的村人交換物資，完了又回到森林去。

他們出入自如。要找到他們，是很困難的事。他們不情願文明，但文明砍伐的步伐越迫越近，森林快速地消失，森林裏無論人和其他動物都日漸走向末路。那麼，他們為甚麼不也「文明」起來呢？有人解釋，他們經不起轉變的「陣痛」。我沒有否定人類物質文明的意思，不過我們這些城市人，過去不是十年一變，然後是五年一變，最近是年年轉變麼？我們的道德價值，甚至我們的臉面身形，不是隨着潮流而不斷轉型、變身麼？灰濛濛霧霾鎖閉的天空，污染的河道，做假添加的食物，軍事的競賽，宗教的糾紛，我們自己是否痛過一陣就好了？我們是否越來越感覺幸福？

生活在剛果雨林中的阿卡人，屬於Kuba族。他們每個部落二十五至三十人，以打獵為主，每年遷徙七八次。沒有私人財產，也沒有特殊階級，男女老少平起平坐。文明世界的性別分工，甚麼男主外女主內，這裏是沒有的，根本沒有這種概念。男的打獵，女的也打獵；女的煮食、看護小孩，男的也煮食也看護小孩。如今越文明的地方，越不作興生兒育女；阿卡人呢，認為孩子是寶，科學家説這是由於太多的夭折。但也不一定，我們那一代，也有不少夭折，但父母都忙於謀食，對子女難免疏於照顧。阿卡人並不儲蓄，獲得獵物，部落全體分食，爸爸與孩子得以有更多的時間相處。最特別的是，爸爸讓嬰孩吮吸他們的乳頭，像奶嘴。嬰孩可不管你是爸爸抑或是媽媽，他們需要的，是安全、撫慰。經人類學家這樣報道，西方的媒體就戲稱阿卡爸爸是世上「最佳的爸爸」。阿卡爸爸不是最佳，所以也沒有次佳，他們只是沒有文明人那種「我是男，你是女」的尷尬。所以也不必誇張他們尊重女性，不，他們只是沒有把人高低地劃分。

打獵的時候，整個部落的人合作，大家拉開圍網的三方，留一方缺口，再齊聲吶喊，趕獸入網。至於捕魚，連小孩子也可以幫忙，先選定一段溪流，兩頭用泥土樹枝堵塞河水，再合力用鍋盤桶等把整段河水掏乾，魚都無法逃走了。食物足夠就算，並不殺絕。他們是伊索寓言裏天天唱歌、遊手好閒的蟋蟀。遷徙後要建房子麼，同樣人人參與，鄰居都是助手，總動員採集樹枝樹葉，樹枝作圍欄，大塊大塊的樹葉一層層鋪在頂上，簡陋得很。他們的確是蟋蟀，而不是鎮日努力採集、害怕冬天到來的螞蟻。不漁獵的時候，他們有很多的餘閒，做甚麼呢？攀樹比賽、唱歌、說故事。二〇〇三年，聯合國教科文組織確認他們的口頭傳說為人類非物質文化遺產。要保護這種遺產，唯一的辦法是保護森林，不要破壞森林人的生活。這樣說，並不等於我以為森林人的生活，就是理想的生活。他們一般只活到三十二歲，是否真像蟋蟀？但他們的生活態度，可否給我們一些反思？

在非洲人裏，阿卡人以製作精美的布料馳名。製布，可全屬女子的工作。她們的製品，材料當然不是甚麼棉花、苧麻、羊毛，而是就地取材，整個森林的樹皮樹葉就是衣料，其中最為外間熟悉的是拉菲亞樹（raffia）。樹葉採集之後，浸至柔軟，然後用力敲打成為幼細的纖維，就可以用來編織。拉菲亞纖維的布質，如今是歐洲新潮女子的恩物。布料並不寬闊，阿卡女子的辦法是只織成方塊，再把布塊縫接起來。樹皮布塊可以染色，用的是植物顏料、檸檬汁加泥土，布上繪上線條，都是抽象的不規則圖案，她們自創，不喜歡重複。布塊又可以刺繡，可繡一個個闊嘴似的之字形，更多的是切片番茄的花樣。樹皮布是阿卡人重要的民族資產，為他們換回其他部族的物品。

森林人不論男女，平素一般裸身，偶爾會穿樹皮圍腰，見了陌生人，再披掛一些。反而喪葬時刻，必須以傳統樹皮布包裹死者，重重圍繞，越多越厚越能顯示生活豐足，這也許是受古埃及的影響。迎生和送死，他們特別珍視，這是對生命的尊重。

赫雷羅

赫雷羅（Herero）女子的服飾，真令人驚訝。在非洲納米比亞（Namibia），炎熱的赤道地帶，怎麼能夠穿得那麼密密實實，如同一個個蠶繭？她們的衣裳是長袖子的花布連衣裙，長度直達足踝，衣鈕直扣上頸口。她們的個子又高大，越見顯眼。至於頭頂，都戴了頂奇異的帽子，是用衣裙同樣的布料花紋圖案，捲成一隻春卷似的物體，橫擱髮上，足足有半米長。這種打扮，彷彿我國清朝的那些額娘和格格。有人說像船，她們自稱是牛角帽。

據說縫一身連衣裙，要用十二米布，單是襯裙，要穿七條。為了做布偶，我走遍大街小巷找尋非洲花布，終於在一處特別的地方覓得。布需一幅幅買，不零剪，每幅十二米，中國製造，再運去非洲。赫雷羅的芳鄰是辛巴族人，彼此非常友愛，互相尊重，經常一起並肩散步。因此出現了奇景：赫雷羅一身淑女衣飾，悠閒端莊；而辛巴呢，不穿衣服，只在腰際圍些布或獸皮，搖搖擺擺，也活潑輕鬆。兩族都是班圖（Bantu）語系的後裔，「班圖」，即是「人」的意思。幾百年前，他們在非洲定居，後來遷徙到納米比亞，辛巴人仍過逍遙的遊牧生活，赫雷羅族則改為半農耕。

遊牧者隨草原、水源遊走，農耕者則必須守護土地。納米比亞位於非洲西南部，本來就叫西南非洲，一九六八年才定名為納米比亞，主要是沙漠國，地大人稀，鄰邦一旦不靖，避難者紛紛湧入，不同的部族同居相處，不一定和睦，由北方遷來的納馬人（Nama），馬上成為赫雷羅的競爭對手。

再然後，殖民者入侵，英、法、比、荷、葡都來爭奪，尤其是德國。非洲土人落伍的矛、箭，豈能敵近代的槍砲。從一八八四年到一九一五年，納米比亞淪為德國的殖民地。那是殖民者最無法無天的時期，奴役、壓榨、掠奪，為了要霸佔牧牛的土地，德國人用大砲夜襲赫雷羅的村莊，屠殺村民，強迫他們遷到沒有水的保留專區去。

一九〇四年赫雷羅人起來反抗，殺了百多名德國人。馮．特羅塔將軍（Lothar von Trotha）奉命彈壓。八月十一日，水堡一役（Battle of Waterberg），赫雷羅族人大敗，求和，但遭拒絕，馮．特羅塔將軍（Lothar von Trotha）頒佈絕殺令，聲稱在非洲這個「德國領土」內，赫雷羅人必須離開，不論男女老幼，都會被大砲驅逐；在德軍邊界，倘發現任何赫雷羅人，即使手無寸鐵，也會當場射殺。這方面，這位將軍富有經驗，他曾在中國鎮壓義和團。他凱旋回國後，獲得德皇威廉二世頒發勛章。

德人霸佔了肥沃的土地，採取三面圍攻而網開一面的策略，那一面，通向甚麼地方呢？卡拉哈里沙漠（Kalahari Desert）。他們早已破壞供水系統，甚至在水井下毒，族人被趕入無水無糧的沙漠，餓死渴死無數。部分則被關進集中營，成為勞工；集中營這個惡名，由此而來。部分流亡到鄰邦。短短三年，赫雷羅全族八萬人，僅存一萬五千，族滅佔百分之七十五。種族滅絕的起因，可能是宗教的分歧，可能是意識形態的爭鬥，是經濟的，是政治文化的，而這次，對那位將軍，就像他帶兵到中國去，主要是為了報復；以為屠殺可以重新建立威勢。他後來解釋說：「保持沉默的人好像是贊同。」

其實連鼓吹殖民的德人也不見得都贊同這次做法，不是因為不人道，而是失去了龐大的勞動力。這是非洲眾多苦難的一幕，還只是剛剛揭幕。當年，德國作家羅爾巴赫（Paul Rohrbach）說：擴大一個偉大的歐洲國家，比保存非洲的一個種族重要得多；在土著學會對優等種族有用之前，他們並沒有理由存活。

十九世紀時，德人傳教士蒞臨，認為土著不穿衣有失體統，尤其是女子，於是教她們穿歐洲衣裙，男子則穿戎裝。第一次大戰後，德國戰敗撤離，由南非託管，變相成為南非的殖民地，到一九九〇年終於獨立。我可一直奇怪，既然擺脱殖民統治，在八月十一日水堡之戰的紀念日，赫雷羅女子為甚麼還要穿那些殖民時期的長袖長裙，而男子仍穿當年黑色金邊的戎裝，而不是別的？只有牛角帽是不錯的，那是族人懷念牧牛的日子。

二〇〇四年，赫雷羅人在族人遭屠殺一百年後，要求德國政府道歉及賠償。在這之前，德國政府一直拒絕，這一次，願意道歉了，但仍然拒絕賠償。這消息傳媒極少報道。二次大戰時，希特勒如何清洗猶太人，大抵全世界的中學生都知道；立國後的以色列固然大力譴責、宣傳，德國人看來也勇於認錯。而這，其實可以追溯到一次大戰前非洲的慘劇，那位將軍的做法，那位作家的想法。

還有，還有一位遺傳學家更恐怖的研究。集中營裏，不少赫雷羅婦女被姦成孕，德國的遺傳學家 Eugen Fischer 趁機來到，研究那些非洲黑種母親與德國白人父親的混血兒，目的是要證明他的純種優生學說：那些混血兒，無論智商與體能都比不上他們德國日耳曼的父親。倒過來，純白，受了炭黑的污染。一九二三年，希特勒在監牢中讀到這個專家的書，生出邪惡的主意。

歷史在不斷重演，而非洲赫雷羅人的申訴，在茫茫的沙漠裏，聲音多麼微弱，還是因為我們聽而不聞？

魔符

一

Mooladé 是一部電影的名字，不記得有沒有在香港公映過，雖然曾在康城影展榮獲關注獎。在影音店裏居然找到，原作是法語，配上了中文字幕。Mooladé 是非洲語，意思是魔符，中文音譯《穆拉戴》。電影的內容就是尋求魔符的保護，是甚麼人，要逃避的是甚麼呢？

非洲約有五十多個國家，有時多一個，有時少一個；卻有無數部族，沒有人能確定有多少個。部族多，習俗會有所不同，其中一樣，可是各族都必須遵行的，那是先祖留下的傳統：割禮。猶太人的割禮，在小孩出生時執行，非洲人則要等小孩長到青少年時期，集體舉行，當是隆重的節日。部族中有小孩出生，會鄭重地登上紀錄冊，以便計算將來某一年共有多少個小孩要行禮；當然，如果他們都健康長大的話。這些孩子形成一個年齡層，如同樹木的年輪。年齡倒不是逐年計算，而是幾年合成一組，例如一歲到三歲，或者五歲。馬賽族（Maasai）和桑保魯族（Samburu）好像較明確清晰，青少年一到十五歲（包括十四、十六或十七）的年齡層，就得參加割禮節。同齡的男孩都必須離家，一起到野外生活，為期數月，一方面學習獨立自主，另一方面又與同輩社交，同時切磋武藝，等等。節日到了，青少年回到村落，父母早準備好，為他們剃髮，披上斗蓬，家門口也鋪上皮革，給他們喝牛血，以牛奶淋頭。然後由長老或割師執行割禮。為了表示英勇無畏，必須咬緊牙根，接受割切，有些大聲唱歌，有些則哭喊，甚至昏死過去。經過割禮，他們被視為成人，特別是桑保魯族的青年，立即榮升為木蘭（Moran），即族中的武士，負責保護族人、出外狩獵，備受尊敬，成為小孩的偶像。

在非洲，不單男孩子長大了要受割禮，女孩子同樣要集體受刑。男孩子是為了成年，表示英勇，女孩子則為了顯示貞潔。十歲女孩的割禮，就是割裂陰唇，甚至割除整個陰唇以及小陰唇，然後把傷口縫合，只留下可以小便的小孔，這樣女孩出閣時可以提高身價。當然，經濟良好的話，像猶太人，嬰兒誕生七日割禮可在醫院實施。非洲的部落，既沒醫院，也拿不出醫藥費，手術由長者或巫師負責，沒有適當的工具，沒有衛生的觀念，更沒有麻醉藥，青少年所受的痛楚和傷害可想而知。手術往往還有後遺症，令女孩婚後生孩子時難產，甚或死亡。埃及、蘇丹、埃塞俄比亞、馬里曾是非洲奉行女性割禮最盛的國家；近年埃及已廢除女性割禮。據說全世界約一億三千萬女性受此儀式束縛，每年有二百萬女孩受割。肯亞女醫生 Rosemary Mburu 估計，每組受割禮的女孩，約有百分之十五因失血或受感染而死。

二

自古以來，非洲原居民的住所，都是自己建造的簡陋房子，就地取材，殖民者入侵後才有西式建築。初民住的是山洞，不必動手建，可以擋風避雨，抵禦野獸。矮個子的森林人居住雨林，四周遍長植物，他們的房子就用樹枝搭建，形似鳥籠，由族人一同建造，不分男女老幼，人人參與。遊牧民行走沙漠邊緣，沙石地帶，樹木稀少而且常常遷徙，房子不必非常堅固，方便拆卸帶走，這種居所多數由主婦獨自搭成，形同帷幕圓形，族人各有獨立屋子，建成一個圓圈，而圓圈中間的空地則是動物圈。留守土地耕作的房屋比較結實，樹木排列的圍欄上糊上泥漿和牛糞，也由主婦去建。據說晚上房頂漏水，室內做丈夫的對妻子說，滴水了，上去補一補。難怪土著都娶三、四個老婆。可另有一種房子，不但特別堅固，還好看，卻是用泥塊建成。

泥塊房子大多在西非，那裏樹少泥多，那裏的族人信奉穆斯林，所以出現了不少穆斯林教堂。這種教堂非常奇特，和其他宗教的聖殿不一樣。不是阿拉伯的清真寺式，不是俄國東正教的洋蔥頭式，不是基督教的巴黎聖母院式、倫敦聖保羅式，而像桂林山水式。它甚至和一般穆斯林教堂不同，只見一堆黑黝黝的泥牆高高低低擠在一起，沒有所謂樓層和高頂，只是圓圓尖尖起伏的天際線，從這堆黑牆上伸出一支支棍棒，真像有趣的玩具。最著名的一座，是馬里的傑內大清真寺（Great Mosque of Djenné），外牆深灰色，像一排兵士持矛肅立，壯觀得很，如今已列為世界珍罕文化遺產。

傑內大清真寺始建於公元十三世紀，到現在還是完美如昔，有甚麼魔法？一點也不神秘，就像日本的著名廟宇，翻新道理相同，手法卻各異。日本的廟宇，例如東大寺，每十年一次，把整座建築拆卸，一樑一柱，仔細量度，記下位置和配件，破損的建材，或修葺或重造。記得我去參觀東大寺時，到了現場，只見空空如也，以為找錯了地方，原來是進行重建工程，整座寺廟拆掉了，可舊的地基都是寫上數字的木頭，排出一個寬闊的四方形基礎。

木頭建築可以拆下，依照圖例，像砌積木重建，而泥塊堆成的清真寺，用的是另外一種土法，日曬雨淋的東西，泥塊剝落，出現了裂縫，於是一年一次，傑內的城民一齊來修理教堂了，不需木匠木材磚瓦片，只需泥土。每年雨季，傑城的尼日河水漲了，真是可愛的河，就像埃及的尼羅河，大約到了十月，雨季過去，河水退卻，留下了肥沃的泥土，滋養了植物，喂飽了沿岸的居民。到尼日河水退卻，就留下一個個水塘，傑城人把水塘用草蓆圍起來，有人在塘內種植，有的把牛糞、稻草扔進水裏，和泥土一起搗成泥糊，陽光很快把水抽去，留下大片的濕泥，祭司一聲令下，城內的百姓手拿面盆形的藤籃，跑到河道形成的泥沼，掏起濕泥，放入籃中，堆成山丘一般，然後頂在頭上，火速奔回清真寺外。這時，另一批人把準備好的梯子靠在寺牆旁，眾人爬上梯子，用手取泥，直接把泥塗抹在寺牆上；一籃泥用盡，另一籃又運了上來。清真寺的牆上爬滿了人，梯子的盡頭剛好升到起伏的碉樓上，這些高聳的碉樓都有橫木向外伸展，正好讓人攀爬。於是，即使最高的土樓，都由新的泥塊上妝。成年人固然參與這件大工程，即使小孩子，也幫忙運泥，孩子們的母親、姨姨、姐妹就努力預備茶水和午餐。

在烈日下，新泥很快會曬乾，所有的裂縫都修補妥當，缺失的部分也填塞整齊，不怕雨季的沖蝕，因為又會有新泥鋪上。美輪美奐，青春長駐，只有拍攝星空大戰的電影人嫌它太完美，不夠殘破吧。這是大小城民許多年來用一雙雙手維護修成的。

三

電影《割禮》有好幾場的場景描寫了那麼一座清真寺，模樣和傑內清真寺同一風格，也是一座黑灰灰的泥塊，底層連綿不斷，升到幾層樓房般的高度就分裂出起伏的一個個煙囱形的碉樓，並且長出一隻隻耳朵似的裝飾，正是摩爾人的藝術，如果在西班牙見過高迪設計的房子，天台上豎立的奇異白蟻穴形狀煙囱，可不是同一類型？於是觀眾明白了，電影描述的地方是西非，以前是西蘇丹，如今是塞內加爾，或利日尼亞，或布基納法索。這裏是撒哈拉沙漠的南緣，罕見大石和大樹，到處沙暴滿天飛，灰塵蓋地，所有的居所，都是泥土建成。總是就地取材。我的朋友到過埃塞俄比亞，瀏覽過著名的聖喬治教堂（Biete Giyorgis），卻是從岩石雕鑿而成，奇妙的是，是由上而下深深地挖掘，足有四五十米，頭頂是一個十字。

且說《割禮》村中這座典型的民居吧，不是一般非洲土著的茅屋，樹枝圍成的籠屋，而是相當寬闊、四四方方有牆有屋頂的居所。這樣子不是獨立的一家一戶，而是好幾戶群居，又各有各的房子，在房子的外層是一座泥牆，把所有房子團團包圍，形成私密的內部空間，圍牆內是院落，又有水井，主婦們圍着水井洗衣煮食，還養雞。陌生人和野獸都隔在外面。是否有點像廣東廣西的客家土樓？圍牆並沒有門，只有一個出入的門洞。

今天，門洞前面發生了一件大事，因為一位屋主的三太太科萊（Collé）拿了條花綠綠的粗繩子出來，把它從左至右打橫阻住門道，不准人隨意進入。村裏的人都認為科萊是懂得魔法的女人，她雖不是女巫，但天不怕，地不怕，唸起魔咒來，誰也不敢不從。今天她對繩子下了魔咒，把繩子一頭一尾釘在門道的兩端，除非由她親自解咒，空空的門道只有咯咯的母雞帶着小雞可以在繩下自由通行。啊看呀，有一群穿着紅袍、戴着紅帽的女人走來了，她們的服飾顯示她們是村內的女巫。她們走到科萊家前，見到下了咒的繩子，不敢冒進，只在牆外叫喊，要女屋主解咒。當然失敗了。

這隊女巫大軍到科萊家，因為有幾名女孩抗議，不肯接受割禮。她們的村裏，剛好輪到十歲左右的一群受禮，唯一的避難所只有科萊姨姨一人的家。科萊年幼時受過殘忍的割禮，子宮受到傷害，婚後一直痛苦，傷口沒有癒合，更可怕的是她懷孕生下女兒時幾乎死去。如今女兒已經十七歲，早幾年的時候，她一個人對抗全村人，讓女兒不參加割禮。其實就是她自己的女兒，也要求割禮，否則被排擠，也怕嫁不出去。

幾個女孩跪在地上求科萊打救，於是下了魔咒的繩子橫伸在門上。並不是所有女孩都得救，逃離家庭的共有六個，她們在鄉郊分道逃亡，四個逃向科萊，兩個結果投井自殺。四個中的一個聽到媽媽在牆外叫喚，一出來就被母親抓住，押送到女巫掌中。一個星期後，這女孩因失血過多又受細菌感染而死。除了幾個母親，竟然全村沒有一個人難過傷心，反而興高采烈歡迎村長的兒子，這大男孩從法國讀書學成歸來，他的未婚女友正是科萊的女兒，如今家人已經為他尋找另一個婚娶的對象。從法國回來的年輕人，是合法的村長繼承人，大家對他十分尊敬，但他面對的卻是一個落後的部族，他拒絕解除婚約，站到科萊一邊。

進入清真寺的長老們魚貫進去又魚貫出來，然後坐在寺前廣場的凳上，科萊獨自站在廣場中心，她的丈夫也剛從城中回來，受叔輩和兄弟的唆擺，拿着長鞭抽打自己的老婆，一面喊：快快講出解咒的口語。科萊遍體鱗傷，就是誓死不肯。片中加插一個外鄉的小販在村中擺賣了兩日，看見男人猛打妻子，旁觀者全都沉默，他不過咕嚕了幾句，就有村民喝道：不准在村中買賣，立刻離開。當晚，小販推着車沿着大路走了，後面跟着一群高舉的火把木棍，消息傳來，那個小販，晚上在野外被蒸發了。

一群男人說，如今的女人居然作反了，傳統的禮節都不遵守了，都是聽多了外頭收音廣播的緣故。於是一致同意家家戶戶禁聽，並且要把收音機交出，就在廣場上一把火燒掉。這一下可把所有婦女激怒了，這幾乎是她們唯一的娛樂。她們一起站到科萊一邊來了，拍掌大叫，別怕別怕，一定不要解咒，我們要反抗，我們要聽收音機，我們要抗爭。

電影在布基納法索的 Djevrisso 偏遠的小村取景，呈現該國特別的西非建築。當地經濟比其他國家稍佳，所以居住環境不差，小孩都穿着整齊的衣服，婦女服飾鮮艷繽紛，花紋圖案非常風格化。布國是非洲的影都，首都瓦加杜古每兩年舉行泛非電影節，與突尼斯迦太基電影節一起成為非洲大陸最具影響的盛會。

《割禮》的導演是塞內加爾作家兼導演烏斯曼．塞姆班（Ousmane Sembène），他出生於漁民家庭，只讀過三年書，做過司機助手、泥水匠，在法國馬賽做過碼頭工人。後來，他有機會在法國求學，入讀巴黎高等電影學院，回國後創立泛非電影工作者協會。他自編自導自演，寫過九部小說，拍過十一部電影，被稱為「非洲電影之父」。《割》是最後的一部，時年八十一歲，二〇〇四年獲康城電影關注獎。

塞內加爾重視電影，審查嚴格，把關的是塞內加爾總統府電影審查委員會，委員會由總統府秘書長、文化部長、通訊部長、教育部長、內務部長、外交部長、青體部長、社會發展部長代表和司法部法官、宗教界代表，以及電影進出口發行公司代表，共十五人組成，赫赫陣容，相當厲害。從大西洋向東看，排陣似的國家有塞內加爾、岡比亞、幾內亞比紹、幾內亞、塞拉利昂、利比利亞、科特迪亞、馬里、布基納法索、加納、多哥、貝寧、尼日利亞、尼日爾，不止十五個國家，一條魔繩長而又長，他們承受的災難豈止是割禮呢，還有旱災、內戰、種族屠殺、艾滋病、依波拉、登革熱病。朋友從東非回來，告訴我一個魔繩的故事：

當年天使要路過的一名信徒在山頂建一座教堂，信徒四周觀察，根本沒路可上，除非有牢靠的繩索。這時，一條大蛇忽然出現，化身成了一條繩索，這繩索也下了護咒。山頂的德布雷達摩（Debre Damo）就是這樣建成的。

二〇一二年西西送毛熊給非洲小朋友

辛巴女子

西西縫製非洲布偶

二〇一三年西西與辛巴女子及非洲布偶合影

非洲美女布偶

跳旋轉舞的女祭司

達荷美女將

馬塔姆巴非洲女王

女王的隨從

非洲岩畫

懷孕女子畫像

阿卡人

阿卡樹皮布圖案

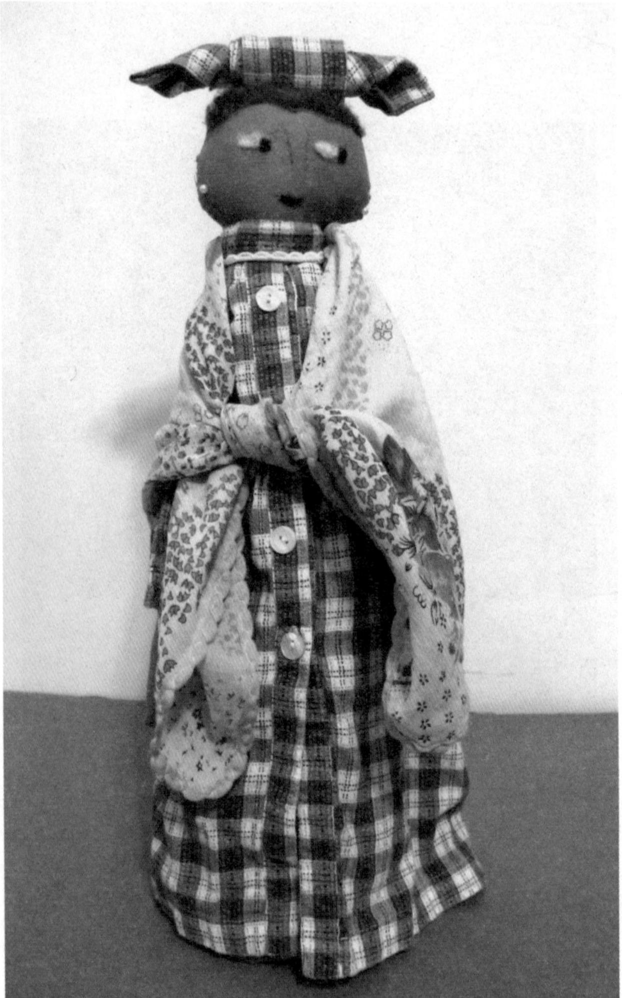

赫雷羅女子

三〇

小品一束

我們又作夜遊神

一

靜夜裏，你拜訪我，以沉默作禮物，以微笑作祝福；我們握手，是摯情和摯情的交流。

我依然陪你到街上閒蕩，再作一次深宵的闖客；就輕輕地，我鎖上了家門；揮一揮手，像我怎樣向憂鬱道別，我們又開始了新的旅程。

你說我還是夜貓。

我說你還是夜遊神。

二

是影子在你我的前面帶路，繞過了彎彎曲曲的街道；街上有太少的行人，因為夜已深，街道已經疲乏——它有過的是太重的負荷。

稀落的人夥在我們的眼前移動，拖着細而修長的身影，他們是誰呢？方的臉，圓的臉；大的眼，小的眼，有的安詳鎮靜，有的激動不安；應該也是一群愛家的過客，像是荒漠裏孤寂的旅人，渴望於發現一所簡陋的野店。

三

敏捷的貓又在屋脊上旅行了。所有的窗子都迎接了夜。夜的窗裏，有的人已經休息，但是又被風掠醒，當風飄過，玻璃窗叮叮咚咚地唱着奇奇怪怪的歌；於是陽台上又多了一名托着下巴的眺望者。在陽台的下面，伸展的是狹長的街道，街道就是赤貧者的溫床；那裏，有的人已在夜曲中安睡，就把苦難暫時的帶進了夢的輪迴；也有孩子們夢見了海底的公園，笑容就在他們的臉上迸裂了。

四

遲睡的人還坐在小花圃的草地上。人叢中偶爾傳來了一聲聲洞簫的曲子；夜的空氣溫柔而平靜地輕颺着，幾個音符在氣流中穿越着流向很遠的海濱。

我想起了水柱，海礁，幽靈的船。

有一群孩子橫過了馬路，跳躍着，追逐着；最後的一個吹着牧童笛，踏着輕快的腳步，隨着同伴遠去了。我忽然想起了一些牛，一些天真的憨笑，許多永恆純潔的童心。

五

我們走過花園，一個女孩子從我身邊掠過，孤獨地唱着一首我也熟悉的歌；她應該也是感性的孩子，我知道她此刻有深沉的憂鬱。

一個年輕的孩子從後面追過了我們，我看到他腋下夾着幾本泰戈爾的散文詩。他走着，還低誦着華茲華斯的〈水仙花〉；他的背影使我想起我的一些會寫詩的朋友。

我願他成為一位真正的超卓的詩人。

六

東邊。沿着街道掛着一列紅紅的燈。修路的人還在繼續未完成的工作，浮土被堆在深溝的兩旁，泥塊裏摻雜細碎的石片。手的厚繭還沒有平復，汗水還沒有乾；心想着今夜應該有一次沉熟的睡眠，勞動的手又舉起了工具。

西邊。有人在修整交通的標誌。一些斑馬式的白線是為了便利粗心的行人。長長的箭頭，是為了引導大意的車輪。

路是創造出來的，創造需要的是修築和改進。

七

開始了天空的水滴，來自高高的雲層。雨降了，只是細細的雨珠，掛在巴士站的欄杆上，掛在斷了線的風箏的線上，掛在我們自己的頭髮上。

我們聽到自己的鞋子在唱歌。夜本來並不沉寂。

雨大了，我們從街上回來，身上鑲滿了雨水點綴的水花。於是，我們相互赤誠地說一聲再見。

再見，就是祝福的意思。

——一九五六年八月十七日

平凡的故事

海邊，風顯得有點睡意。

我坐在礁石上，我的魚絲在我面前搖擺。

水流在我面前蠕動，我開始發覺大自然有一股奇異的魅力，那股沉默而富於音律的魅力。它用海把我催眠了，它以浪輕拍着岸邊，發出夢樣的聲音，我彷彿見到海上飄起了一些倩美的幻影……

魚絲在動了，我下意識地一抽，結果，我知道，魚逃了。

「這傢伙，真快！」我對自己呢喃起來。

於是，我再重新拋下了魚絲，海風把它拉成了一個弧形的弓，海水在向它點頭。

我無言地坐着，彷彿在期待甚麼，彷彿在希望甚麼；可是，我有的只是一種沒有負擔的感覺，我覺得自己很輕，輕得和空氣一樣。

魚絲在動，我一抽，不錯，它逃不了的！

「喔，這是一條火點啊！」我把魚絲收到了盡頭，我被那鮮美的魚的色澤迷惑了，我興奮，我快樂。

我的臉上帶着一種驕傲的微笑，真的，我不相信我永遠會失敗的，我自己承認過我並不是一個絕對的愚笨者。

我把魚從魚鈎上脱了出來，那魚很美，略帶紅色的身子上有一塊黑色的斑點；如今，它在我的手上掙扎；它身上的水點隨着它的狂猛的劇盪而飛落開去，於是我的衣服上增多了斑點，就如一座噴水池的池畔的石圍常常受到水花的拜訪。

魚在我的手中掙扎，它張大着口喘息，它跳，它瘋狂地劇動起來。

我呼吸到一種死亡的氣息！

我內疚了。

我多看了手中的魚一眼，它在彎曲着自己的身子，這一種向死神挑戰的動作，使我發出一陣心靈的顫抖……

於是，我決定了魚的命運！

我把魚拋回海心，它一剎那間不見了，它在水面劃了一個傷痕，讓水花填補海洋的創傷。

於是，我靜靜地坐在礁石上，用眼睛追隨一些遠去的浪花。

我望望四周，那裏全是一些零亂的碎石，浪打在石上，一朵朵水花散開了，然後又聚合在一起流回海洋。四周很靜，靜得像一座荒島，而我，彷彿也不過是一塊石頭。

海水在我面前流動，它是沉默的，我彷彿看見一個幻影，我很難找到它的輪廓，我只記得，它彷彿是一條魚……

我望天、望海，我的心特別地平靜。

半晌，我還沉於自己的思想，我開始覺得，幸福彷彿離我很近，近得使我毫不發覺它的存在，就如我從來忘卻我的靈魂一直和我在一起。

水還在我面前流動，我彷彿看見一尾魚在水裏愉快地靈敏地游着，而它的背上有一個黑色的斑點。

生命畢竟是可貴的，我明白了。

於是，當我知道我的手釋放過一個生命，我感到，愉快的手在向我召喚了。是的，我真的感到了快樂。

——一九五六年十二月

青蔥的生命

住在高樓裏，除了四面牆壁，和一列窗子外，我簡直找不到一絲綠意。可是，生命是多麼地嚮往一份青綠的色澤，和泥土的芬芳。

為了在屋內點綴一些生命的氣息，我決定種一些植物。我不是擅於種植的，我不會種花，更不懂得盆栽的藝術，而且，我不希望化錢來點綴一間並不美麗的屋子。

這樣，我找了一個餅乾罐，方方的，在罐底鑽了幾個洞。星期日的早上，我跑到妹妹的校園中掘了一罐黑泥，因為那校園是一塊空地，我並不受到干涉。

泥弄回來了，我把它扒鬆了，加上適量的水，我有了一塊新的土地了，雖然那是太小太小的。

第二天，我在街市買了五分錢蔥，選了四個大蔥頭，回家後把它們全埋在泥裏。

我開始了我的種植，我每天去澆水，我記得讓它接受陽光和空氣。

但是，蔥還沒有茁長就遭到了厄運，我家的貓不知道怎樣的把罐子推下了街。幸運的是沒有跌在路人的頭上，可是，一個收買舊貨的路人把它拾去了，把蔥和泥倒在溝旁。髒髒的溝水淹蓋了蔥頭，我為失敗痛心了很久。

我是不甘於失敗的。我又找到了同樣的一個鐵罐，又照樣地掘了一罐泥回家。我依然種蔥，再一次把種子埋進泥裏。

這一次，我在罐的兩端穿了兩個孔，用鐵絲穿了掛在窗前，太陽照到它，雨水淋到它，我又萌生了最大的希望。當信心產生的時候，我才知道這一種力量的偉大。

第二天，泥土靜悄悄的，沒有一些新發現，我開始懷疑，泥土到底有甚麼力量；我又懷疑，那些蔥是否真的可以在這小天地中長起來。

我的疑慮是多餘的，第三天一早起來，我就在罐裏發現了奇跡。我看見蔥萌芽了，一些綠色的蔥苗出現在我眼前，站在泥土上。

這就是收穫，這就是收穫！一顆失敗過的心的收穫，一種逝去的意念的誕生。在我面前新生的不只是一株微小的蔥，而是我曾埋下的熱情，我的希望，我的信念。

我的信念萌芽了！

我的屋子裏有了綠意了，這綠意也存在我的心裏。

我從不曾想過，生命給予人的活力和愉悅竟會這樣；也許，就算是最微渺的生命也有神聖的一頁，在它萌芽的時候。

——一九五七年一月

娃娃遊戲

十多歲的時候，我常常用火柴盒子做桌子、椅子。如今依然喜歡，還喜歡做房子。

我有一幢娃娃屋，模樣整齊、對稱，有閣樓和地庫。打開來看，是六個房間，中間是樓梯。頂樓是書房，主人在看書。二樓的左邊是小客廳，女主人和朋友在喝下午茶；右邊是睡房。

地面即一樓，左邊是客廳，小朋友和胖貓在捉迷藏；右邊是音樂室。地庫的左邊是飯廳，右邊是餐具室。

房間的牆紙和天花是我糊上去的，地板用木拼砌，還加上天花線、牆腳線和椅背線。掛的畫自己找，配畫框。

遊戲令人快樂，但遊戲應該不忘讀書，因為讀書可以增加知識，令遊戲更有趣。例如這幢娃娃屋是十八世紀的建築模式，讀了書，我就知道，十八世紀還沒有燈，要點蠟燭；沒有浴室，只用便盆，等等。一邊佈置我的娃娃屋，另一邊我就越想多知道那個時代的人的生活，甚至想知道他們的想法。不能增進知識的遊戲，多玩會厭。而且，沒有自己參加創作的遊戲，也不好玩。

我的另一幢更小的娃娃屋，是十五世紀的，我用飛機木做了一套家具。做家具的興致大增，翻了一些書，跑過一些外國的博物館，回來後，自己用紙也做了一批模仿名建築師的現代家具（不少建築師設計房子之餘，也設計椅子、桌子），這是我的模仿階段，說不定我也會自己設計。目前這些現代，以及後現代的家具，還沒有房子放進去，我想，可以做一個娃娃屋家具博覽館。

娃娃屋，不一定是外國人的遊戲。早些時，我設計了一個中國廳堂，像蘇州那些著名園林裏的客廳，有書枱、花瓶、字畫、毛筆、墨硯等等；我也糊牆紙，用的是大書法家王羲之先生的墨寶。一位朋友蒞臨舍下，看見我的小客廳裏更小的客廳，覺得有趣，我就開玩笑地請他做一副小對聯；不多久，朋友寫來了，說不會做，就當遊戲聯吧。看看，原來是這樣的：

中國廳堂自我經營　修宅殆同修德
寓言世界由他衍演　作文何異作人

其實，娃娃屋不一定要大屋子，佈置單一個房間也可以。隨便找一個鞋盒也行，自己設計更妙，可以打破四方形的框框。

不知道《黃巴士》會不會建造娃娃屋？先徵求麥嘜一家人的意見，設計一幢特別的房子，包括家具、用品、衣物等等。木頭太重，不如用紙板，既輕便，又經濟，另做一套紙板麥嘜一家人，住在裏面。每一件家具和人物都是獨立的，可以自由選購，隨意配砌；小朋友不妨自己設計，發揮創造力。讓我們動手做，這會是地道香港製造的玩具屋了。

認字十大個

老師講了一個死記生字的方法，就是每天認十個生字，把字寫在卡片上，一有空就翻出來看。坐船，等人，入廁所，就翻看一陣。於是，果然就每天十個生字死記死記，居然記了一大把。後來，因為懶，十個就變了五個，五個又變了三個，三個又變為一個，有時候，居然一個也沒有。

漸漸的也覺得自己實在太懶，就逼自己努力一點，不管多忙，起碼要記生字一個。字典放在桌上，手一伸就到，但即使是這樣，一個星期下來，生字竟記不到七個。看書的詩候，生字是有的，但整段意思看得通，生字由得它。至於有一些一連碰上三五次還是不知它是甚麼東東的生字，查了一會字典，過了二天，又在書上碰見，死也不記得它是誰。結果，又查。

以前查字典是這樣，查了一個字，就在字典中把那個字用筆畫一條線在下面，表示，這字查過，該記熟。而且，心裏巴不得整本字典有一天每個字下面有線一條。所以，對於查字典，抱的是一種作戰的態度，是在那裏拚命征服它。把字畫一條線，也是表示，此字被我征服，是俘虜也。不過，現在對着一本字典，就興起了一種打敗仗的感覺，理由之一是，被畫過線的字，少得不得了；其次，最觸目驚心的還是那些俘虜居然大半逃回字典去。自己不認識它們，把它們查了又查，結果一看，被查的字，下面全有畫線，真是一敗塗地。

現在呢，只好從頭再來。每天早上，若早半小時起床，別說十個生字，就算十五個，也可以有恆地記熟。不過，讀書的時候，因為要考會考，除了國文和歷史兩本書是中文外，其他的全部是英文，就記英文生字，到了現在才發現，英文字不會拼，中文字，也忘得乾乾淨淨。心裏想着一句句子，那幾個字，想來想去寫不出來，總之是澈徹不分、淇琪不辨，慚愧個死。

好吧，只好對自己說，知恥近乎勇，每天認字十大個吧，五個中文字，五個英文字。中文字，就去翻辭海辭源、成語手冊，每字寫它五個，看十秒；英文字，就去查字典，看個熟。且看又能維持多久。

以前，看書講求速率，嘩啦啦一陣，一本書看完了，天一般的高興，但想想，其實也沒仔細看，人家字用得那麼考究，詞配得那麼適當，自己則雲煙過眼，當人家的作品是大綱。如果有人說，《紅樓夢》看完了麼，說看完了，真的是「看」完的；若有人說，來，讀默一段《紅樓夢》看看，包保默錯七千餘字，單是針黹的「黹」就不會寫，太醜怪啦。

——一九七〇年三月

窗子

有一天，麥快樂的朋友來探他，看見他的房子有這麼多窗，心裏很羨慕，回到家裏，東看看，西看看，終於，他便在東邊的牆上開了一個窗子。

早晨的太陽高高升起，溫柔的陽光溜進屋內跟他打招呼，往外還可以看見草場上的孩子在踢足球。麥快樂的朋友很高興。

他想了一回，又動手在西邊的牆上開一個窗子。以後，他每天可以看到日出和日落了。麥快樂的朋友很高興。

他又想了一回，便在南邊和北邊的牆上各開一個窗子。現在，他可以看見南面的大馬路和北面的高山了。麥快樂的朋友很高興。

過了一會兒，他也想在屋頂上開一個窗。但樓上是哥哥的房子，他不敢動手，便在地下開一個窗，可是，除了濕濕的泥土，甚麼也沒有。好吧，四個窗子也不錯了。現在，他整天可以看到太陽、小孩、巴士和汽車，還有那高高的山。麥快樂的朋友很高興。

過了幾天，麥快樂的朋友的房子外面，多了一座高牆，團團的把房子圍着。不過，麥快樂的朋友仍然很高興，因為他的房子也有很多眼睛。

——一九七七年一月一日

語音問題

我是廣東人，生於上海。小學讀書，在校用國語聽講，同學間講上海話，家中講粵語。少年時最愛隨父母上廣東杏花樓，因為有蝦餃、燒賣、叉燒包吃，而茶樓伙計全部講粵語。到香港後最深刻的印象是看電影，第一齣是《方世玉打擂台》，對白全是廣府話，這一喜非同小可，才覺得自己是另類邊緣人，再沒有同學叫我「餛飩麵」。雖然老師叫我起立朗讀課文時，我竟只能用國語讀；若干年後才學會用粵語讀書。語文和方言真是千絲萬縷地相纏。

我來港後就讀的教會學校每天有早禱，需讀經和唱聖詩，校長或老師讀的都是普及版白話文《聖經》，一片的的嚦嚦的聲音。我對許多章節都很熟，會考更要背誦記熟才能引用。最近閱讀《新廣東話聖經》，竟如進入新天地，高興得很，覺得這個方言版本譯得既清晰又傳神。〈創世紀〉開首是：「太初，上帝創造天地。大地混蒙，重未成形。」後兩句一般譯為「地是空虛混沌」，英譯是「the earth was formless and empty」，我覺得「重未成形」較具體，較接近「formless」。而「事就這樣成了」怎及粵語「一切就照咁樣」生動。方言文本當然要朗讀才傳神，例如：「天使對佢話：『馬利亞，唔使怕，因為上帝施恩畀你，你將懷孕生個仔，要改佢名做耶穌。』」

我寫小說多，寫詩少，是因為詩難寫。小說屬於默讀的文本，詩則適宜朗讀。詩是語言的藝術。不識法語讀音，如何讀馬拉梅？不會講中文，單憑字形，如何認識漢詩的精粹？我們最多了解些英詩罷了。我寫詩總是朗讀又朗讀，用普通話讀，又用粵語讀。奇怪，許多古典詩詞用粵語朗讀並不比用普通話讀遜色，是因為粵語保留了不少古漢語吧：「明月幾時有」，「問君能有幾多愁」，「幾時」和「幾多」，如今都是粵語。還有押韻，有時是粵音押，普通話則不押。不過，我寫過這樣的幾行詩：

因為因為
蝴蝶輕
因為因為
蝴蝶沒有心。

用普通話讀既抑揚又押尾韻，用粵語讀就糟透了。可見不宜一刀切。我是在香港寫詩呢，若要朗誦，用粵語當然可以，有的卻要用普通話才好。

如今的詩朗誦會大抵採用粵語，寫詩該重視粵音的效果嗎？又該如何朗誦？曾經參觀過一次中學英詩朗誦比賽，聽了一個下午，數十名參賽者朗誦同一首華茲華斯的〈水仙花〉，用的是平常的語言，結果我竟會背誦了；而中詩朗誦，上了舞台卻搖頭晃腦拉腔吟哦起來，「美聲樣板」，不敢說誇張造作，因為不知李白杜甫是否如此。

風箏

有人說，打開一本小說，只要看見敘述者用第一人稱的「我」，就不要看了。你是這樣的讀者？那麼，拉提格（Jacques Henri Lartigue）的攝影，相信你也沒有甚麼興趣。因為他拍的照，一天到晚都是我我我，從我的祖母、我的父親、我的叔叔、我的大哥、我的表姐、我的保姆，一直到我的貓。他開攝影展，也就是把家庭照相簿公開而已。

把「我」換成「我們」，是否就讓人覺得這是全世界，心安理得了？但恐怕又會有人說，你這個我，能代表我們麼？倒不如老實些，做我喜歡做的工作。

哪一個攝影師不是在做「追憶逝水年華」的工作呢，那必定是他的目光，他選擇的角度。可拉提格最像普魯斯特，他年紀很小就能夠用照相機「描述」家族成員的種種生活面貌了。拉提格出生富裕家庭，六歲生日那天，父親送了他一架照相機，從此變成攝影迷。他從家庭開始，一直拍攝到大街小巷，到甚麼地方就拍甚麼物景。有一陣子，他拍了一系列的女子戴花帽子，不過，他最愛的還是拍運動，充滿動態的人物。他拍賽車、游泳、風暴、海浪、打球，以及飛行物體，包括他兄長們的滑翔機。

當時的飛行物體真是多姿多采，沙灘上放的是造型奇異的風箏。拍攝風箏的時候，拉提格才十一歲，那是一九〇五年。除了拍照，小攝影家還愛寫日記，把每次的攝影事項仔細記錄下來。那隻風箏後來怎樣了？飛起來了麼？飛了多久？日記裏一定會有答案，供研究飛行物體的人去追索。

有些甚麼是他不拍的？是災難、苦痛、不幸。他看過戰爭，兩次。他不是沒有見過苦難，但他要表現的是生活裏的甜美、開朗、良善的一面，叫人不要忘記，戰爭是短暫的。這成為了他不朽的藝術風格。

文字的載體

文字的載體源遠流長，我國的文字最早寫在甲骨上，埃及人寫在紙莎草上，波斯人寫在泥板上。貝葉經寫在樹葉上，先秦的文本寫在竹片上、刻在石上，中世紀的僧侶在修道院中用羊皮紙抄錄經文。紙張發明後，手抄本十分珍貴。待得活字印刷通行，書本就成為文字的主要載體。

二十世紀科技發達，唱片、錄音帶成為音樂的載體，錄影帶成為影像的載體；而大尺度的黑膠片又被薄小的CD取代，厚重的錄影帶，也可用輕巧的VCD來儲存。那麼書本呢？似乎也要變身為光碟了。

書本的確厚重，而且在每個愛書人的家中如病毒般輾轉繁衍，幾乎要把讀者吞沒，活在寸金尺土的讀書人怎不要喊叫書災呢。圖書館的註銷總趕不過收藏，更加要擴建了吧。法國新建的圖書館，形狀像四冊長方形直立打開而相看各不厭的書本，而不是一排圓形的光碟子，喔，這算不得高科技的前衛建築。這個圖書館的外貌雖以傳統文字載體的面目出現，最初的構思卻是先進的，密特朗總統想建的，其實是一座光碟圖書館。但要把全部藏書碟化，等於蝶化，費用龐大得沒法實行。

光碟體薄而有容，這新世代的文字載體當然比書本佔優，然而真要閱讀，還是書本方便舒適吧。一卷在手的樂趣，圈圈點點，絕非光碟那種辦公室氣氛可以替代。在熒屏上改稿最好，讀改定了的書可極傷神，大抵只宜瀏覽，不便細讀。但好書，尤其是文學作品，必須在字裏行間反覆細讀。大抵還是下載了再讀吧；到你面對大疊下載的紙頁，又會希望都裰回裝訂整齊的書本。

有一陣子，實體書籍好像要沒落了，紙頁和印刷品的載體行將消亡，報紙馬上變成電子報。一切資訊，各種文本，打開視窗，就有了。那時候，我們再不用每天買報紙，每周逛書店，而書店則全部易容光碟店；出版社不再出版了，轉而叫上網社。文藝刊物的編輯都成為網中人，作者和讀者在網上遊走，在茫茫網海裏，偶然相會，彼此發一陣光，然後你有你的，我有我的網絡。這樣的日子像洶湧的巨浪，似乎來了，似乎又退了。在另一個巨浪駕臨之前，我們依然每天買報紙，每周逛書店，每月讀文藝期刊，偶然拖一個行李箱北上書城採購，一面又大喊書災。在我們可以永久地擺脱地球這個人類的載體之前，我們只好侷促一起，相濡以沫，在雲層上短暫地飛翔。

賣布公仔

常常想做這樣的一件事：每年情人節，到環境漂亮的大街上去賣布公仔。一對布公仔，一個男孩，手持一枝玫瑰花；一個女孩，手握一本詩集。布娃身高十吋，赤足，短髮及肩，額前垂飛揚的瀏海。他們的眼睛和嘴巴都用絲線繡，我覺得這樣比手繪或縫上鈕扣更典雅。我縫的布公仔不是鄉村式，而是城市式，是摩登的娃娃。縫這樣的布偶，一碼布可縫四個，加上衣服，不過二、三十元成本，而且一天可以縫一個。

情人節送花和詩集，好像是西班牙某個城鎮的風俗，又或者是南美某地也說不定，看過的書本已經忘記，但引發我的夢想。玫瑰花可用絲帶做，詩集用電腦打字列印，加彩圖，小小的一本，手工釘好。內容豐富，《詩經》裏很多好的情詩，沒有版權的麻煩。

家中木櫥裏坐着幾個微笑的布公仔。呵，把他們拿去售賣是不是很殘酷呀？也許是因為捨不得，結果還是沒有上街賣布公仔。

一點記憶

許多事情都不記得。只記得：一群人都在蔡浩泉的圖騰公司工作。我要做的事是把朋友交來打好的字（原稿需發到打字公司去打字）先校正了，然後排版。

素葉的排樣，每篇相同，由稿末的一段先排，倒排上去，留下稿首的一片空白。這空白處是留給美指蔡浩泉寫題目和畫畫的，而我們把文字稿排列整齊後，只消在稿首的空白處寫下三個字：「請賜圖」，就完成了。那真是一段快樂的日子，一切的工作都由各人分擔，有人約稿，有人跑打字社、印刷社、搬運書本、送書到書店等，一群人常常聚餐，還一起去新疆和東北旅行，好像一直可以這麼繼續下去。結果，當然以天下無不散之筵席告終。

——二〇二〇年四月

四〇

港島吾愛及其他

港島吾愛

他們就把你下葬了。
他們說：撒一把泥土；我就做了。
他們說：鞠三個躬；我就做了。
我一哭都不哭。真的，我一哭都不哭。
我很早就知道總有這麼的一天，他們會把你下葬的，我也知道他們把你下葬之後我會怎樣，那時候，我對自己說過，一哭都不用哭的，我就做了。
我是怎樣漸漸地把你忘去的呢。那麼地一點一點，一點一點，起先是你的皮膚，起先是你的掌紋，起先是你的姿態。我不知道我怎麼會，而事情卻是了。
我說，那邊有一間有趣的玩具店。那麼多的人，唉，那麼擠，我們的感覺觸及感覺。我們就進去了。我們看，我們擠，有人按響一隻銅喇叭。外面有船來了。

但我總對着一張搖椅出神。我說。你怎麼不愛搖椅哩，我沒有你一半的老，我沒有你一半的白髮和眉，但我已經愛搖椅了。那時候，我還看得見玻璃杯曾經紅曾經藍，有一個靜靜的水瓶名叫希臘。但我十分不安寧，因為也許是明天，它們就一個一個地隱去。城市建在城市之上，臉疊在臉上，起先是個銅門環，起先是那垂懸的燈盞。

在靈堂的時候，他們說：找你最好的朋友來陪陪你。我說我沒有一個最好的朋友。他們說：找一個隨便甚麼的朋友來陪陪你。但我說我也沒有一個隨便甚麼的朋友。他們怕我會哭得很厲害，怕我會暈過去，我知道我不會，因為我不是那種人。

我應該不是那種人，我不是那種隔了一夜就把昨天扔掉的人。他們哭，他們淚乾時記憶就乾，不再有人知道你，不再有人說。你還在那個車站上走來走去嗎。

你總是在那個車站上，穿一件白色的制服，漿得硬硬的領，配着銀色的銅扣。你說，車子該開了，車就開了。於是我從一個火車停泊的場所過來，我們就在那邊的座位上舐雪糕。這是尖沙咀，這是九龍，這是香港。我們怎麼會來到這裏？

他們說，在眾多的孩子中，你最愛我。我們總是在一起。我們是那樣地坐過船，好闊卻好淺的錢塘江。每天早上，你就給我梳辮子，我們在一個城裏找到一間有個大煙囱有個大花園的屋子，晚上就睡在七張榻榻米上。我每天上學，就坐在你的腳踏車的後面，有一次，你為了避開一輛吉普車，我就坐在地上了。

他們不停的說：到時候你會哭得很厲害，因為來的人很多，人們愛看你淒涼的樣子。我知道我不會哭得很厲害，而且，我們在一起的時候總是開開心心的。你對我笑，我也對你笑，我們是老朋友了，誰都不要對誰哭。

但我是怎樣漸漸地把你忘去的呢。起先是你的頭髮，起先是你的長眉，我難道不曾竭盡眼神把它們捕捉？但我竟在一點一滴地把你忘去。難道愛沒有模型，風景沒有明天。

我開始穿着一雙紅色的鞋，穿過馬路，在一間店裏吃烘餅。我實在記得雪糕的樣子。但那店，和許多的店，逐漸離去，像你，起先是你的烈日下遮陽的手，起先是你太陽鏡下皺着的眉。

我不知道它們怎樣漸漸地隱去。大街上的一間書店，十字路口的一間電影院。上學的時候，我繞過一片菜田，踏在一條下水管上，跳着跳着，那時候，我也曾竭盡眼神把它們捉住。但我是怎樣漸漸地把它們忘記的呢。

棺木抬出來的時候，他們哭得最大聲，但我看着你，你沒有淚，對的，我們在一起的時候，總是開開心心的，甚至當一個炸彈忽然地掉在地上，當一些人在岸上拖着淺水的船，我們也沒有哭。我們在一個颶風的晚上坐着，看着一個窗的破裂，風怎樣削去額前的暖氣，我們不曾哭。我們說，我們總有地方可以去。你喜歡去，從這裏到那裏，有一個島叫青島，你說。有一個關叫山海關，你說。有一個城叫萬里長城，你說。有一個港，叫香港。

我不知道我們怎麼會來，那些隆隆的火車跑了三天三夜，那些高高的山瀉為平野，我看到了船，這就是香港了。真的，你總是有地方可以去，我就跟着你來了。

起先，你說，讓我們上電影院。我們排排坐着，一人捧着一團雪糕。起先，你說，我帶你去看足球。我跳着跳地替你背着一雙好重的釘鞋，你在操場上跑來跑去，吹着一隻會叫的銀笛，我甚麼都不明白，但人家拍手的時候我也就拍了，你給我一瓶汽水的時候我也喝了。

但我是怎樣漸漸地把你忘去的呢。我回到家裏來，知道你不在任何一張椅上，床底下不再有你的鞋，一隻玻璃盤裏沒有你的眼鏡，也沒有一支破爛得只有你才不捨得扔掉的墨水筆。我知道你不在任何一個角落，不在門後，不在簾外，我總是伏着案，對着一本書着迷。你的聲音漸漸遠去。你的姿態漸漸模糊。

他們不再談起你，因為別的名字那麼多，別的臉又出現得那麼頻。我只能集中一個焦點，記得一束有紅有黃的玫瑰，隨着一堆泥土一起降下。

他們和你一起隱去。陳舊的尖沙咀的碼頭，那些木板叮嚀的長廊。如今我只能在海傍的一列石板上踏過，聽它們的罄坑罄坑，聲音不再是木質的，我不知道一切怎樣會漸漸隱去，甚至你總是沒法抓住。

漆咸道的公園，現在是樹的列陣，聖誕的晚上，它們是一片火樹銀花，但我記不得裏邊有你，因為有過你的園已經不再有一點痕跡。

有一間電影院叫平安，有一間帽子店叫鶴鳴，有一間你愛在窗櫥外躑躂的伊利，它們也逐漸隱去，而一切就升起來，城市建在城市上，臉疊着臉。

一間舊的書店隱去，現在分散多了三間。一座雪糕店鋪平後，現在站成了大廈。送船的海運場長成一條跑道。你說，這是一個十分美麗的城。啊，你實在是不能重認它以前的面貌，他們也把它葬了許多。而我，同樣地，也撒一把泥，每次步過的時候，就知道，它們不在門後也不在簾外。

不過，我也就習慣了，在一條橋上面走過後在太子行的甬道裏數花磚，廣場上多了很多花，剛盛開的花，那麼年輕。我開始穿一雙紅色的鞋，穿過馬路。這是一個十分美麗的城，你說。是的，是的，我愛港島，讓我好在明天把你一點一點地忘記。

——一九六八年

阿拉卡達卡

要知道關於拉丁美洲小說家加西亞．馬爾克斯的生平和著作源泉，最好就是閱讀一下另外一位拉丁美洲小說家巴爾加斯．略薩的文章。巴氏一九七〇年時住在巴塞隆那，他呈交馬德里大學的博士論文，內容就是研究加西亞．馬爾克斯的作品，這本書還沒有英譯本，但曾在幾本文學刊物上選譯過片段發表，名為「加西亞．馬爾克斯：從阿拉卡達卡到麥干度」。我們先來看阿拉卡達卡。

阿拉卡達卡這個名字，好像一個急口令的字，是加勒比海地區一個哥倫比亞的小鎮，這個地方，在上個世紀末才發展起來，位於巴蘭基拉和聖泰馬達兩個小城之間，人們所以來到阿拉卡達卡是因為逃避哥倫比亞的內戰。阿鎮在一九一五年至一八年曾經有過黃金時代，因為南美的香蕉狂熱導致各處小鎮繁榮起來，香蕉園無不吸收大量的人手。當時北美著名的「果聯」在香蕉業上發了大財，使當地的暴發戶不用小蠟燭，而用一百披索的錢幣來給燭台點火。成群的妓女在兜搭人，在權貴的面前裸舞。這個所謂「黃金時代」其實也是暴亂的時代，政府曾經為了鎮壓農場工人的罷工，用機關槍一次射殺了數百人，把屍體全部扔下海去。

到了第一次世界大戰結束，香蕉熱潮已經衰退，阿鎮面臨經濟大崩潰，居民紛紛離棄家園，於是，盜賊、疫症、暴雨洪水，不斷侵襲這熱帶垂死的小地方。當加西亞．馬爾克斯在阿拉卡達卡城誕生的時候，所有這一切都靜止下來了，天堂或者地獄，都成為過去，留存的只有酷熱和貧窮。那些曾經發生過真實的事情，可一直留在人們的腦中，成為傳說、神話和鄉愁。

所以，加西亞．馬爾克斯所面對的阿鎮，是人們活在回憶中的時代，他全部的作品，可以說，就是建基於他童年時所耳聞聽說的資料。在小時候，他常常到小鎮附近的香蕉園去遊玩，那地方名叫馬孔多，這個名字，後來由他發展為一片他幻想中的聖地，關於這個地方的歷史，從開始到結束，他把它寫成一個故事，就是《百年孤寂》。

加西亞．馬爾克斯（複姓，所以不可以稱為馬爾克斯，而是加西亞．馬爾克斯。加西亞是一直傳下去的父姓），是一九二八年誕生的，他並不是由他父母撫育長大的，而是由他的祖父母。他們住在一座巨大得令人害怕的大屋內，大家都很迷信，認為屋內充滿了幽靈。從小，祖母就把阿鎮的傳說和幻想講給他聽，他常常還看着祖母很自然地和到來看她的鬼魂傾談。祖母是個非常健談的人，整個人充滿了故事，晚上會踮起了腳尖，悄悄地進入小孫兒的睡房把他喚醒，講故事給他聽。所以，每次有記者問加氏關於他寫作的題材源泉時，他總是說：是我祖母的。事實上，加氏的祖母，也出現在他的小說中，是馬孔多不少婦女的形象，像烏蘇拉．布恩地亞，快樂地和死去的人傾談；像范南妲迪嘉比奧．布恩地亞，和隱形的醫生對話（加氏童年時的居所，我們在他的《純真的艾蘭迪拉》中，也可以找到影子）。

除了祖母外，祖父給加西亞．馬爾克斯的影響也不少。加氏對他的描述是：「我一生中最重要的人物。」這位老人曾參加內戰，是從他那裏，加氏才曉得哥倫比亞內戰的狀況，同時了解戰後老兵的淒涼，他們打了仗，甚麼也得不到，仗是白打了，許多年過去，再也沒有人記得他們。老祖父曾經殺過一個人，所以一直有一隻鬼跟着他。有時，他帶孫兒到馬戲團去看表演，忽然會在街上停下來叫喊：哦，你不會知道一個死屍有多重。在《百年孤寂》中，馬孔多的開發，在某種程度上，是這類似的悔悟的結果：第一位布恩地亞，就是殺了一個人，那個血淋淋的鬼時時出現，跟隨着他，因此他才放棄了故園，攀山越嶺，和十二名同伴發現了馬孔多。

祖父常唱一首歌：「馬伯路去打仗了／多麼痛苦／多麼痛苦／多麼憂愁」，後來，加氏發現那首歌原來由一首法國歌演變而來，馬伯路就是公爵馬保洛，曾經是哥倫比亞暴亂的領導者，這個戰士鬼魂在加氏的五個作品中都現身布恩地亞上校的營幕中，穿着虎皮，飾以虎爪和虎牙的化裝。

同樣地，祖父的形象，也在加氏的小說中頻頻出現，最初在《葉風暴》中，是一名老上校，由他埋葬法籍醫生。他又是《沒有人寫信給上校》中的主角。在《百年孤寂》中，放大成為神話人物奧雷利安諾·布恩地亞上校，又同時是他的朋友和同伴葛連尼杜·馬爾克斯上校，加氏並把自己姓中的一個字贈送給他。

當加西亞．馬爾克斯八歲時，祖父死了。「自此以後，再也沒有有趣的事發生在我身上了」，他這樣說。即使在年紀這麼小的時候，《百年孤寂》這個小說的資料，已經在加氏的腦中結集成形，儲蓄起來，直至經過其後許多生活和轉折，他才把它變成文字，成為震驚一時的一部書。

一九四〇年，加西亞．馬爾克斯離開了阿拉卡達卡，到波哥大一所耶穌教會辦的小學讀書，那時他才十二歲，阿拉卡達卡像地底的礦藏，凝聚結晶，成為馬孔多。

——一九八二年十一月

法國梧桐

在香榭麗舍大道上，我看見了法國梧桐。在巴黎，我特別想看看的，並不是羅浮宮、塞納河、紅磨坊或蒙瑪特，我想看看的，是法國梧桐。

法國梧桐屬懸鈴木科，是一種落葉喬木。懸鈴木，又叫做篠懸木，另外一個名字是三球懸鈴木。懸鈴木科中的二球懸鈴木，即是法國梧桐，葉面三至五裂，有粗齒或全緣，春季開花，頭狀花序，花序二至三個，生於一總柄上，小堅果生頂端，圓錐狀，有不脫落花柱，是普遍栽植的庭園樹及行道樹。

年紀很小的時候，我已經認識法國梧桐了，這是沒有辦法的事。如果可以選擇，我希望我能夠先認識荷花，但我誕生的城市，並沒有荷花，只有滿街滿巷的法國梧桐。別人說起垂柳和桃李，我無法想像，書本裏的蒼松與臘梅，都是遙遠不可觸摸的事物；白楊樹呵，銀杏樹呵，彷彿荷蘭的木屐，愛斯基摩人的冰屋。

認識法國梧桐的過程，其實亦是我個人從童年過渡到少年的一個階段。最先認識法國梧桐是認識葉子的形狀，如同一隻隻伸展的手掌，拾起一片法國梧桐的葉子，可以把葉梗取來耍鬥，那是兒童喜愛的一種遊戲。起先是葉子的形狀，然後就是葉子的動態了。深秋的長街上，哪裏不是法國梧桐焦黃色的落葉呢。而秋風在這個季節是一名喝醉了的舞者。落葉、沙礫與塵土，隨風飛揚，落在每個人的髮上，拍打在每個人的臉上。如果沒有了落葉，秋天怎麼像秋天。

法國梧桐不是白楊樹，它是一類靜寂的植物，然而落葉踩在腳下，發出沙沙的響聲，秋天因此成為一首歌。隨着吟唱的，就有了蟋蟀，就有了連綿的細雨，就有了街頭巷尾賣沙角菱和珍珠米的呼喚。是因為法國梧桐，所以知道有蟬。蟬聲最濃的日子，總是學校考試的日子，打開一本課本坐在樹蔭下，涼風拂來，雖然考試的重擔一如蟬的四面楚歌，但聽着聽着，不久還是習慣了。

法國梧桐也像羅蓋，兒童都在這晴天遮陽、陰天蔽雨的大傘下長大長高，但法國梧桐自己彷彿經久不變，除了每年更換一次綠衣黃裳。三、兩歲時必須仰頭看它，十幾歲時仍然要仰頭看它。許多年來，它既不離鄉別井，也不到處流浪，沉默地站在固定的位置，反而是當年樹下嬉耍的小孩子，長大了，離開了。關於法國梧桐，寫過這樣的句子：

法國梧桐
在這裏
也可以看得見
葉子好像小一點
樹幹好像矮一點
樹的數目，也不多
這倒沒有甚麼不妥
問題是
蟬鳴呢

長街沙沙
落葉的喧嘩呢
河呢，雪呢
冰花白糖糕呢
母親呢
所以，不要對我說
這裏的法國梧桐
是法國梧桐

那時候，我說的「這裏」，是我如今生活的城市。在這城市裏，偶然我也看見幾棵法國梧桐，卻很瘦削，敞展起疏落的枝椏，夏日裏我甚至不能在樹下乘涼。每年秋天，總希望到大街上去踩落葉，喜歡聽到雙腳踩在枯葉上沙沙的聲音，但在大街上沒有落葉，這裏的冬天沒有雪，白糖糕也不叫冰花白糖糕；炎夏的大考，讀書讀得倦了，哪裏有蟬聲為我催眠。

他們問：那麼你在巴黎看見了甚麼？我說：是法國梧桐吧。在香榭麗舍大道上，我並沒有注意燈火燦爛的凱旋門，也沒有看見滿街的露天茶座，我抬起頭來，看見了法國梧桐，枝椏是粗壯的，樹幹不很高，葉片展揚，是一把把更大的羅傘，只有延伸在最外層的葉子，才辨別得出像一隻隻手掌。

到達巴黎的時候，是六月，法國梧桐的生長正茂盛蓬勃，沒有一片葉子飄下來，香榭麗舍大道上沒有蟬聲，聽到的只是汽車的馬達，朝凱旋門、朝和協廣場分道擴散。因為夏天，巴黎不下雪，巴黎又哪裏有冰花白糖糕呢。塞納河緩緩流，塞納河畔不是我的故鄉。母親，母親只是Mere，小羊的吁歎罷了。

雷蒙．基諾筆下的《莎西地下鐵》，寫的是一名想乘地下火車的女孩，她到巴黎去的時候，地下火車正在罷工，後來火車恢復行走，她乘上火車，已經累得不願欣賞了。抵達巴黎，我惦念的是我依依的法國梧桐，我在掌葉之下流連了好幾個小時，終於不得不趕午夜最後的一班地下火車回左岸。火車從地層回上地面，在塞納河橋道上駛過，晚上的艾菲爾鐵塔閃着銀灰色的光芒，塔頂上有一個異常圓亮的明月。這月亮竟然如此美麗。可是，巴黎是巴黎，故鄉是故鄉。在我，圓月，仍是故鄉的明。他們說：那麼，你在巴黎看見法國梧桐了？我說：我看見的是一種我很熟悉，卻又非常陌生的植物。

認知的過程

我對自己的工作並非很自覺，我一直把寫作當是一種認識的過程：認識自己、認識其他人、認識其他事物。我總是邊寫邊想，尤其是早年的長篇和中篇。但對於短篇小說，我是寫完了又改，不斷嘗試變換角度，我沒有既定的想法，自然也沒有既定的寫法。當然，還是有些例外的。例如〈像我這樣的一個女子〉，我清早五時忽然想通了那種敘述的語調，而且腦中唸出了整整的第一段，因為怕會忘記，連忙起床寫。兩口氣把小說寫完，第一口氣是早上七時寫到中午一時，肚子餓了，不得不吃點東西；第二口氣是二時寫到三時，重讀一遍，就發去打字。出書時也沒有修改。至於長篇，我想好大綱，只寫幾千字，就開始在報上連載，每天發一千字。後來出書往往沒有修改。只有《我城》刪去一些片段，移動過段落的次序。那時我白天還要教書，真不知哪來的自信和衝勁。

如今回顧自己的東西，好像是另一個人似的，倘若我能夠説出個所以然，而且頭頭是道，那就的確是另一個我了。而這個我，對另一個我來説，不免會簡化。這類有關自己如何寫作、為甚麼寫作的問題，好歹應命談過些。再説，就像病了的留聲機，反覆重播那幾句老調，連自己也感到煩厭尷尬了。所以，我想，倒不如改變一下話題，説説其他。我可也不能保證就能説出新意，或者會對解讀我的東西有甚麼幫助。

我在上海出生，少年時隨父母移居香港，轉變的不單是環境，還是語言。初來這小小的香港，楚歌四面，但我居然有一種回到家鄉的感覺。我原籍廣東中山；在上海的時候，親戚之間可一直保持粵俗和粵語，自成一個小社團，不過踏出家門，用的都是滬語；上課則需講國語。六年小學，給我奠下了國、滬語的基礎，數十年後還可以説聽。這是父母給我最好的禮物。來到陌生的香港，發覺四周講的都是粵語，反而如魚得水。在劇變的時代，到哪裏生活，怎樣生活，原不是普通小民所能掌握的。我們總是在各種各樣的力量推移下掙扎。我們甚至不能選擇自己的母語。

然而，在轉變裏長大的孩子，自然而然養成了一種過人的應變能力。我在這裏提出語言的問題，這其實是香港比較特殊的經驗，而寫東西的人註定要以語言作為主要媒介，久而久之，遂產生一套他自己獨特的語言習慣，儘管由於不同的側重，語言有時雖未必是最重要的東西，畢竟是作家生存的方式，是他最終存活的家鄉。

我在香港上中學，改用粵語，起初，老師叫我朗讀課本，我無法讀出字音，只好仍用國語。後來漸漸就適應了。在香港生活了四十年，終於成為徹頭徹尾的粵語人。當年我在班上的作文成績不錯，比其他同學較好，因此建立起我對寫作的興趣，照老師說我的好處是「沒有廣東話」。我那時當然不會問，沒有廣州話就是好文章了麼。到了我成為教師，教了二十多年，同樣也把學生作文簿裏的廣州話逐一改正，改成以國語為基礎的書面語。我最近和一位朋友討論這問題，想到我們是否矯枉過正呢？但「書同文」自是必須堅持的原則，學習書寫時，也先要學好規範化的語言，知所辨別，視乎語言環境，再靈活變通。國粵語之別，語音不計，主要是語彙，是個別的動詞，語法倒比較接近。語彙，從來是最開放的，它又會反過來影響其他。當然不該忘記，語言是生活的具體呈現，言語有了分別，是因為各地華人社會的發展出現時差的緣故。這一邊正努力搞開放，法制未全；另一邊那個瀕臨後殖民地時期的地方，久已成為資訊社會了。倘若各地的中文書寫只是大同小異，那麼結合當地的文化脈絡，差異就凸顯出來，這所以同講粵語，廣港之間也有些微差異，廣州話受內地的政治文化影響較深，香港則歐風美雨，加上近年的無厘頭等等，流行的語彙不斷翻新，有時連我也不知所云。

但我無意誇大這種差異，我更不是那種倡言「本土主義」的同路，本土化的極端是講寫都轉用土語。肯亞小説家吳古奇（Ngugi wa Thiong'o）就是例子。他一直在歐美生活，本來是相當成功的英語作家，七〇年代後期放棄英語，改用母語李古遊（Gikuyu）寫作，只寫給非洲祖國的同胞，儘管他的書不少其實受本國政府查禁，而非洲又分成許多種土語，他的同胞也不見得會讀他的書。吳古奇自有他令人感動的奮鬥目標，重新找回失去的非洲人身份。但我想，不同的處境有不同的選擇，即使長期生活在港英治下的地方，我們有五千年的文化後盾，並沒有這種要轉換語言的危機。跟其他英帝殖民地不同的是，從開埠以來，不管港英政府如何努力，英文只能干擾，甚或損害中文，卻始終不能取而代之。民間的書寫，民間的語言，仍是中文。這裏面當然還有「黃皮膚、白面具」的問題，但所謂身份認同，其實也無非是一種認知的過程，逐步發覺，而並非鐵板一塊，原就存放在某隱秘的地方。我們小心不要墮入偏狹、封閉的義和團式陷阱。除非我們完全不要交流（像狄德羅那樣，針砭殖民主義之餘，又沒有善策，索性提議大家不要出門旅行，那既可笑也不可能），否則就只好接受衝擊，不斷選擇、調整自己。

我提出同中之異，是覺得這毋寧是文學藝術最引人入勝之處，尤其是香港這地方，矛盾，複雜，不斷流變，經過許多年各種力量的磨練，生活方式已異於其他華人社會，就我的觀察，一種現代化的公民社會正在摸索成為可能，這是彌足珍貴的。眾所周知，香港政府從來沒有認真地關心本土的文學，二、三十年以前，不關心之外，還變相排斥；但大體而言，它由你自生自滅。近年來，稍受壓力，才裝裝門面，辦些文學獎之類。然而，這種不關心從消極的角度看，真要從事創作的人也得以少受干擾。不愉快的經驗告訴我們，一個太關心文學藝術的政府，對文學藝術只會造成傷害。港英政府作惡多年，居然也帶來了華人社會少有的開放，以及法治精神。我們出入方便，一直有開闊的視野；法治呢，落實在平民的生活細節吧，做生意無需走後門，看醫生不用給紅包。這是一種比較合理的生活，不一定就白人中心。我們可以同時運用這種認知，反過來挑戰殖民地官僚。近來各地對帝國進行反擊戰的，主力正是來自不同族裔，受歐美教育的移民學者。

無論如何，法農在《大地的不幸》（*Wretched of the Earth*）裏描寫土著和殖民者互相排斥、截然對立的情況，是難以配套的了。至於詹明信把第三世界的文學藝術統統理解為「國家寓言」，未免有深文周納之虞，所謂「寓言」，可能只是某些肥皂商品的妝點。德魯茲（Deleuze）和嘉塔利（Guattari）另有「小眾文學」的說法，這個小眾，並非來自小眾的語言，而是小眾以一種大眾的語言寫作，卻跟已成建制的大眾抗衡。這些論述啟人思考，卻都嫌泛政治化，跟香港的具體現實未必適切。總之，這裏並沒有一個「論定的」香港，它一直在發展、流動，而近年變化得更快

（台灣何嘗不是呢），恐怕已不是過去西方種種殖民地的論述所能概括。我想，有志的學者、專家，倘能在這轉折的幾年住下來，耐心地觀察、研究、比較，一定大有所獲。

我對香港的所見所思，只能通過我比較擅長的小說形式去呈現，尤其是通過日常生活的各種細節，而語言既是自我認知的活動，又是一種社會實踐，那麼，不同環境之下，語言有所歧出，則是「一體」之下的「多元」，是合情合理的事。本來，在文學創作裏，一向容許不同的土腔土語。在七國一統之前，屈原「書楚語，作楚聲，記楚地，名楚物」也許是太遙遠的例子，統一之後，也仍然得以流傳。近當代呢，當我們讀到上海小說家寫「聽頭」（鑵頭），花蓮小說家寫「查某囡仔」（女孩子），並不會認為他們寫錯，也沒有覺得那是不好的言語。這其實是對不同生活方式的尊重。即使不是為了追求某種效果，單就語言本身來看，他們既保存了自己的特色，也同時在進行交流。大河是由不同的小河匯集而成的。

要交流，又要保持自我，豈單是文學藝術而已呢。回顧我自己寫的東西，這裏那裏留下了港式生活的痕跡，有些是自覺的；有些，竟已不自知，而那往往是我寫得最愉快的時候。

——一九九四年

做家具

除了看書、寫作，如今我每天在家中為我的娃娃屋做家具。我最初的娃娃屋是塑膠的，家具也全是塑膠製品，唯有浴缸是瓷器。那屋子我不太滿意，由於它只有正立面，沒有背後的牆，無法防塵。當然，可以用透明膠片密封，或者拿玻璃紙包裹，但感覺很差，彷彿屋內的小玩偶全要窒息了。

店主朋友叫我拿給她的娃娃屋專門店寄售，連一屋子的家具，包括冰箱、電話、壁爐、鋼琴等。居然賣了一千多港元。有些家具還絕版了。我買的木頭娃娃屋不是正宗的微型屋，是玩具，主要給小孩子玩耍，所以很堅實，家具也簡單，不外由木塊砌成；屋子的樓梯沒有欄杆，房間之間沒有門。但香港當時沒有微型屋的店舖，我見屋子外貌不錯，有門有窗，的確是喬治亞式建築，就買了。喬治亞式屋子得配漂亮的喬治亞家具，自製極難，因為多弧曲，又得鏤花，我只好採用原來適合兒童遊戲的家具。後來我到英國旅行，就大量選購。

新添的娃娃屋是正宗的微型屋，共十四個房間，四周都有板壁，比喬治亞式屋子小了一半，前者是一比十二，即一吋比一呎，後者是一比二十四。屋子小，家具也相對小了。屋子沒有特別形式，屬鄉村房子，容我自由發揮。我決定佈置十四個不同風格的空間，已定的計劃是：希臘式前庭、龐貝式後院、都鐸式大廳、謝克（Shaker）式睡房、土耳其浴室、北歐廚房、中國書房、摩洛哥煙房、法國式現代畫廊、南美式迴廊等等。

都鐸式大廳家具極簡單，我做了一張條桌、兩張長板凳，都和中國式功夫凳相似。主人椅比較講究，可以在椅背刻一個紋飾。四柱大床最隆重，我用兩塊薄木板和四段車工削木（turning）就糊好了。屋中另配一張邊桌和一個木箱；十五世紀的人，戰爭頻繁，常常搬遷，大木箱可當貨櫃用。我特別做了一件樂器，是從書中圖畫找到，那是《貴婦與獨角獸》壁氈其中一幅：貴婦在彈琴。那琴是管風琴的前輩。我在別的娃娃屋中從未遇過。

我主要用飛機木做家具，這種木輕軟，可用刀切割，缺點則是易脆，不耐用。我想，放在娃娃屋中只供陳列觀賞，不必堅固。飛機木有薄板和四方條木，足夠做桌、椅、床、櫃了。

另一種家具材料是車工削木，是已經做出凸凹紋的木條，花式多樣，粗細不一，適合做欄杆、樓梯，做家具也極好。我做了一套，有書桌、椅子、書架、矮几、屏風等等，不過是削木糊上薄板，效果也有趣，具印度韻味，說它是哥特式也未嘗不似。

各式各樣的家具，我相信我的十四個房間的娃娃屋一定很有趣。十八世紀的漂亮家具我很喜歡，可自己做不來，要用胡桃木、橡木或楓木等，又需動用鋸、鑽等工具。但還是有辦法的，因為有現成的模型砌木（kit），可供自選配製，不過要有耐性，要製成博物館的水準，必須用不同的砂紙和細鐵絲仔細磨滑，又得仔細染色，小心黏拼，不留膠水痕跡，並且抹上光油。我買過一些砌盒，做出齊本代爾椅子、舒來頓沙發，等等；以及高的低的櫃、燭枱小桌、遮火罩、古老大鐘（內有吊懸的鐘擺，或鈴鐺〔bell〕），還有盛紅酒的小箱（cellerette）。

中國模型家具較少見。當代家具更罕有，可能設計家有版權，早一陣見過一批，大約是一比十二，但非常昂貴，一把椅子數千港元，只好自己動手模仿，神似就好。四方的都不難做，彎彎曲曲就考功夫了。我正在試做法蘭克．蓋里（Frank Gerhy）的彎曲椅；至於賴特、柯布西埃都不難，麥金托殊（Mackintosh）的梯形椅還可以，有孔洞的鴿子椅就較費神了。至於梵高椅，煩在要給椅墊板面編織草繩。

你不耐煩，我還要多說兩句。我還做了一批當代家具，甚麼黑白藤條編織椅、萊特的柵欄或高背椅、文丘里的花朵背膠椅，還有些歪歪斜斜的後現代椅子，結構的、解構的，看看自己也不禁莞爾起來，用的材料大多是硬紙板、粉畫紙，七彩繽紛，不用鋸木、打磨、染色、抹光油。一天做幾把椅子，偶然加添桌子、櫥櫃，逐漸也領略了許多做椅子的巧妙。吾亦愛吾廬，看來，我的新娃娃屋不如就佈置成「紙板微型現當代家具博覽館」吧。

——二〇〇三年十二月一日

左撇子手記

一

英國人艾博特（我不知其何許人，也不詳其姓氏）發表過一篇作品，名《平坦地：A正方形的多維空間傳奇》。既是傳奇，必有奇事。原來主角是個有生命的正方形，活在只有兩度空間的「平坦地」。該地一如其名，甚麼都是平的，可是階級森嚴，女性沒有地位可言，連甚麼都不算，因為她們是直的。女性只是直線，連二維的形也沒有。男性則多是正多邊形，有正方形、六角形、八角形等。邊數越多地位越高。正方形只得四條邊，地位最低；圓形無限多邊，地位最高。

平坦地的大祭司嚴禁談論第三度空間，因為那是異端邪說。一天，平坦地來了一位球體，帶了卑微的四邊形到另外一個世界去參觀，果然見到立方體等等。四邊形非常羨慕，懇求球體帶他去見識更高層次的空間，還設想可以節節上升，向第

五、六、七、八度空間邁進。這願望沒有實現，因為球體不承認第四度空間的存在，把正方形拋回平坦地。正方形，因為傳播第三度空間的邪說而被捕下獄。

二維空間的小說寫於一八八四年。如今，我們知道第四維空間是時間。透過電腦，我們必可進入更高層次的空間。

編者按：西西這短文可能是最早談到《平面國》一書，後來她在〈《平面國》的空間和色彩〉一文中再詳細地談到這本書，那是二〇一五年。文章其後收入二〇一八年出版的《西方科幻小說與電影——西西、何福仁對談》。

二

當代法國史學一度佔主導地位的是「年鑒學派」，其特徵是借鑒地理學、經濟學、社會學、語言學、社會心理學等學科的理論和方法來開創「新史學」，拋棄了以政治、軍事及傑出人物為主要內容的傳統史學，研究範圍不斷擴大。

學派第二階段的主將是布羅代爾，他認為歷史時間具有不同的時段，政治、軍事、外交等事件是短時段，猶如炸彈爆炸產生火光，轉瞬即逝，等同發光的塵埃。中時段是指十年、五十年，甚至一百年，可以運用方法研究價格升降、人口增長、生產增減、利率波動、工資變化，等等，提供對循環過程的敘述方式。而長時段有如歷史交響樂的主旋律，是時間跨度較大、節奏較慢的歷史，即人類與周圍環境的關係的歷史，採用的時間概念是「地理時間」，也是寫複數的人、無名無姓的群體，深刻和沉默的歷史。想認識年鑒學派的作品，可以讀布羅代爾的兩部名著：《地中海與菲利普二世時代的地中海世界》，以及《十五至十八世紀的物質文明、經濟和資本主義》。如果你見到一部橫跨百多年的長篇小說，不寫動亂、政治、軍事、博彩，大概是受了布羅代爾的影響，不屑記錄發光的塵埃。

三

某日上菜市場專誠去看雞喙和豬尾巴。

自童話故事、童謠開始，我心目中就存有一個田園式的農莊印象：豬牛羊、雞犬鴨，自由自在地在山間、草原、沙地上散步，低頭吃草、啄米、捉蟲。這樣的風景原來早已沒有了。如今的豬牛雞鴨都擠在狹窄的屋子裏，雞欄更是多層重疊，連轉身、躺臥的空間也沒有。有的牛被鐵架框住，懷孕的豬不得走動，轉身不得，沒有活動的空間，一切工廠化。

太擁擠會導致雞群打鬥，互啄羽毛甚至互殺互吃，所以雞場就替小雞斷喙，用刀把雞的嘴尖切斷。這必定是很痛的，而且神經會受傷。母雞也不好過，既不能作土浴，又無乾草躲起來築巢生蛋。雞遭斷喙，豬則斷尾，免得互咬尾巴。現代工廠化的農場根本是動物的煉獄。慘遭淩辱一生，最後全被殺死。

到菜市場看過了，雞的喙沒有切斷，豬的尾巴也齊全。看來，中國的雞和豬比歐美的還算幸運，少受酷刑。而大陸還有走地雞出售。不過，比下有餘而已。雞鴨牛羊豬的最終命運並沒有改變。那麼多的饕餮終日開懷大嚼各種屍體,「咪話唔得人驚」。

四

美國小說家薇拉.凱瑟(Willa Cather)不喜歡巴爾扎克的作品,認為小說中太注重描寫房宅、室內裝修、家具等等。她說:「巴爾扎克的不朽,是他創造的人物典型,但他花費了太多的心血為這些人描畫物質的環境,讀者的眼睛只在上面一掠而過。」她喜歡的是甚麼小說呢?霍桑的《紅字》。因為讀者「沒法從中看到有關清教徒社會的習俗、服飾和宅內的裝飾」。她認為,這很好,小說家應該讓房間有如蕩然無物的古希臘劇院的舞台。

剛好相反,我雖然欣賞京劇舞台上寫意的佈置和程式化的做手,但讀起《紅樓夢》來,怎能不喜歡作者筆下洋洋大觀的室內佈置、人物服飾、醫藥、食物等等細節。他們都寫在攝影機還沒出世的年代。但即使有了攝影機,我讀雨果,偏不理小說的情節，最喜歡描述巴黎聖母院的那三章。但丁的《天堂篇》，真可惜，只能直逼聖光，天堂的一點模樣也欠奉，真想知道一下（即使是但丁的幻想）天堂的家具形狀如何，材料是否用雲朵和光束？天堂是否需要衣櫥、書櫃、飯桌、睡床？伊甸園栽種的是甚麼樹木？有那麼一個設計家叫上帝，定必精彩。

五

意大利小說家馬萊爾巴的小說《蛇》，並沒有提到蛇，指涉的也許是作品中的主角，因為他把妻子殺害，並且把屍體吃掉了。但這不是小說的重心。當然，小說寫得不錯，並非因為橋段，而是敘述手法。

小說的敘述者，只是個隱姓埋名者的聲音。整個故事由他自白，說他是中年人，開了家郵票舖，娶妻後老是懷疑她不忠，結果，殺了她，把她吃掉。故事情節很平常。罪犯把受害人吃掉，多聽了，就見怪不怪了。

特別的是，這個人去自首，可是警方查來查去，無法定罪，因為既找不到屍體，也沒有一個失蹤女子的記錄。倫理慘劇變成了推理小說。

我們讀者，不過在傾聽另一個人的自述，而這個人，也許是患了精神病，也許是做白日夢、編故事。甚麼才是真相？這小說也許是拍電影的好材料，既有愛情悲劇，又有偵探懸疑。一般的警匪故事，是警方千方百計追尋兇徒的犯罪證據；這故事剛好相反，有人自稱犯了罪，警方卻認定他沒有，堅持那只是他精神錯亂，自我編出來的幻想。一方說真，另一方說假。

我們也顛倒過來，讓這小說試從警方的角度敘述吧，就變成一方說假，另一方說真。所以不要偏信敘述者的話。小說和廣告，都是說謊的藝術，分別就在後者只說片面、單一的話，前者同時說了自我瓦解的話。

這所以，有些小說，尤其是糟糕的小說，其實也只是糟糕的廣告。

六

兩千年前，古羅馬的維特魯威對建築物提出過三項原則：使用方便，堅固可靠，看上去悅目。實用佔其二，審美佔其一。除了建築，家具也應該是這樣吧。二十世紀的許多椅子，似乎太偏重悅目了。看看的確有趣，只不過，坐起來舒不舒服？細細的椅腳，堅固不堅固？太舒服的椅子又有沒有照顧我們脊骨的健康？有些椅子，竟然變成雕塑，成為昂貴的擺設。

所以，椅子可以像繪畫一樣開展覽會。椅子的確很好看，像艾姆斯躺椅，就像亨利·摩爾的雕塑。雕塑真穩固，重心降落底部。至於椅子嘛，五枝細細的支柱，但我總懷疑坐上去沒有甚麼安全感。名家設計的椅子，我們小市民只有看圖片和模型的份兒，的確只能看了。設計家應該讓大家去試坐，發表坐後感。香港的房屋呢？大部分既不好看，有些更不用試住，沒建好已有散架之虞。

七

自從解構主義風行，不少藝評家和歷史學家就把解構的思考方法用到視覺藝術上去了。其中，最受注意的是普普藝術。普普總是把流行的事物帶進藝術：漫畫啦、鑵頭湯啦、明星照片啦、垃圾啦，等等。這些作品，的確令人頭痛，該從藝術的角度還是從大眾文化的角度來欣賞？藝評家馬哈拉吉在普普作品中發現解構式的遊戲作用。解構並不是把一件物體打碎拆散，而是要瓦解二元對立的思維。甚麼正邪、善惡、精緻和庸俗既是二元對立，又表示這一頭高於那一頭。普普藝術恰好化解了這種兩極化的解讀。它們具有不確定性，遊移於藝術品和日常事物之間，不屬於對立關係的任何一邊。如今普普藝術依然流行，因為大眾覺得它們親切、不神聖不嚴肅，而藝評家也實現了它們的解構意義。有趣，普普藝術既是「真理之藥」，又是群眾的「鴉片」。

八

最初，人類的家畜都是野生動物。後來，野馬野牛野狗野貓都被馴化，成為人類的糧食和友伴。有的動物易馴，如牛馬狗貓；有的不，如獅子老虎。後者至今不能馴為家畜，除了馬戲班。植物也有一個漫長的馴化過程，以前的植物都是野生的，杏仁還有毒。漸漸，有意或無意，許多植物都被馴化了。小麥大麥豌豆在一萬年前馴化；橄欖、無花果、棗子、石榴和葡萄在公元前四千年。梨、桃比較難馴，不靠插枝靠接枝改良品種（其實已是基因工程）。最難馴的是橡實。蘋果也難馴。也許中國如果進入世貿，美國地厘蛇果揮軍進京，北京城郊的果農不知如何應變。也許得把蘋果製成果醬或茶，甚至餵馬。

如今基因工程改良植物，是馴化植物的延續篇。地球上人口過多，並且持續上升，糧食短缺更逼在眉睫，繼續馴化植物勢所難免。也許，我們不要穿羊毛、棉毛製品，把棉花田改為稻田麥田，把牧羊的青草地改種糧食。但這樣子也不能保證會有充裕的食糧。我們遲早要吃昆蟲吧。人類和畫眉鳥爭奪野草莓，與松鼠爭奪橡實，最後把整個地球的動植物馴化、改造，消耗殆盡為止。一切馴化、改造，人自己反而野蠻化，真是悲哀。

九

我常常買食玩。食玩是甚麼？顧名思義，它是玩具，附一顆可吃的糖果，日本人想出來的推銷術。起初，要售賣的是小玩具、塑膠貓狗、卡通動物、人形等等，為了吸引小朋友，附一顆糖，或者是推銷糖果，附一件玩具。每盒小小的，體積約三×二×一吋，價錢約二百円左右。

食玩本來針對小孩，結果吸引了大朋友，例如新近的一套是廚房系列，不但櫥櫃、煮食爐俱全，還有許多中西食品，柴米油鹽醬醋茶，甚麼都有，體積增大，數量繁多，可以把你的荷包吸乾。

我家有娃娃屋，所以會添置些水果蔬菜、碗碟、茶具，就被俘虜了。當然，糖果是扔掉的。別以為買食玩的全是女子，幾十歲的大男人多的是，根本不見小朋友。最近的一套是設計家椅子，沒有糖果，對象明晰。第一彈是九把，其中包括 Le Corbusier 的 Grand Confort、Mies van der Rohe 的 Barcelona、Rietveld 的 Red / Blue Chair，都是最經典，你捨得擦肩而過？二十世紀的漂亮椅子少說也超過一千，若由 Vitra 出品，每把數千港元以上，如今才數十元一把，真會掀起收集潮，日本人的經濟侵略真厲害。阿 Q 式的安慰是，你把食玩翻轉，原來 made in China。

十

野獸是一頭黑熊，這已是我縫的第二十隻熊了。有了一些經驗，自信不用作標記，看看形狀就可輕易完成。直到把熊頭和熊身相連，加上關節扣，咦，怎麼一半身子大，一半身子小？仔細看看，原來把熊屁股縫到肩膊上了。本該把熊拆開改正，可黑毛海（mohair）和黑線交纏，看不清楚；況且，關節扣上再難以解開。幸而毛熊披了一幅四頭怪獸的斗蓬，沒有人看出破綻。難怪收藏家的選擇大多是裸熊，手工一目了然，騙不了人。

——二〇〇六年五月

毛熊與我

一

我學做的第一隻熊，用的是黃色的毛海縫製，那是一種安哥拉的羊毛，因為體積很小，攜帶方便，我旅行時，也順手把他帶去。在荷蘭，我看到很小巧、趣致的瓷屐，買了一對，掛在小熊臂上，因為小傢伙曾經乘搭飛機，替他找來一根羽毛，就叫他「黃飛熊」。這開始了我做熊的生活。

我初學做毛熊，訂了好些毛熊的雜誌和書本，翻了，心想，怎麼沒有甚麼中國模樣的，除了熊貓？我於是決定縫做水滸系列。第一隻出場的熊是九紋龍史進。史進身上有九條龍，記得陳洪綬畫過《水滸葉子》，他畫的九紋龍，線條流暢，很美，我繡的龍像甲骨文，粗拙得很，但因為這是我的水滸系列裏的第一隻，反而敝屣自珍。水滸毛熊用的是白色的短毛，因為較適合刺繡，倘是長毛就不容易了。白毛也有好處，可以加眼影，耳朵加陰影，多一點立體感。他手握一根棍棒，但論武藝，水滸兄弟還輪不到他，只怕是花拳繡腿，上陣無用。

之後是楊志。楊志號「青面獸」，面上有刺青，應是發配北京大名府留守司充軍，只得兩行，少了若干字。他的臉盤很小，所以分為三行繡。他的武器是弓箭，三枚箭，佩刀，可惜我總找不到合適的寶刀，就當是落泊江湖，賣去了吧。

第三隻熊是時遷。時遷這水滸人物，不過是偷雞賊，並非大惡大奸。他眼觀四面，耳聽八方；可頭上，一根雞毛，暴露了行藏。他抱着一隻色彩斑斕的雞。不過，書上說的是公雞。他有一把匕首，插在腿側。

我最初最想做的就是浪子燕青，也許是我寫過燕青的小說，狗尾續貂，後水滸裏唯一浪跡人海，不受名利所害的人物；也許，其實因為他滿身花繡。我原先用了一幅漂亮織錦來縫，因織錦太厚，無法翻轉，失敗了，徒然浪費了一幅用金線織成的緋絲。如今的燕青，身上並無繡花，總欠甚麼的，但簪花吹笛，算是補償。

沒羽箭張清在水滸豪傑裏是個配角，他的出場主要是守護兩枚出色的兵器，其一是盾牌，牌中的虎頭用兒童的虎頭鞋，周圍是手繪的彩圖，牌的背後有橡筋環，可以套在手臂上；另一件兵器是纓槍，塗上銀色槍頭，如果武功不濟，就真個是「銀樣蠟槍頭」。他腰帶一袋石子，這才是他自己的武器。

水滸熊一共縫了五隻。同學中的小朋友都不知他們是誰，他們沒有看過《水滸傳》，也不出奇，原來連許多成年人也並不知九紋龍是何方神聖，這才使我驚訝，真不知該如何解說楊志臉上的字、燕青耳邊的花。於是我在展覽時，歪歪斜斜的逐一寫了些說明。

二

你們一直說我偏心，只帶黃飛熊去旅行，不帶你們。事實上，我近年健康差了，不適宜長途飛行，已經難得去旅行。恐怕令你們失望。不過，最近德國一位布隆先生辦了一個「泰迪熊旅行團」，他做領隊，帶毛熊遊覽德國，真是好消息。我替你們報了名，你們終於可以去旅行了。別怪我嚕嗦，出發前還要叮囑幾句。你們知道，黃飛熊雖然在其他熊眼中，是一頭悶蛋，可一直很乖，在班上乖得每次都被要，大家選他做正直、真理的代表，帶他出門，不會闖禍。你們呢，出名反叛，鎮日搗蛋，帶你們上路，豈能放心。但長期屈在小城裏，也的確不好，教育家不是老說要培養環球視野麼？要走出課堂，走出書本麼？

你們初次旅行，不宜自由行，還是參加旅行團，隨團出發，聽令領隊安排最好，何況熊生路不熟？你們遊覽的城市包括慕尼黑、紐倫堡、黑森林和天鵝堡等，為期七天，行程緊湊，一定大開眼界；行程還有騎馬、划艇、釣魚、笨豬跳等活動，雖然要自費，歐羅也不便宜，還是值得的。團員當然會有別的泰迪熊，要對他們友善，要尊重他熊。團友之間要互相照應，和衷共濟，彼此提點、互讓，反正大家參加同一個團、坐同一班機、同一輛車，晚上，也許做同一個夢。

這次旅行，布隆先生會把團員分成若干小組，你們自成一組，我選楊志做組長，你們要聽楊大哥的話，集體活動，不可擅自離隊。大小事故，包括身體不適，都要向組長、領隊報告。楊志會帶備平安藥，傷風、咳嗽，可以取來吃，但也不要多吃，不要當零食。自行小心保管證件、財物。辦理登機時須把鬧鐘、鬚刨之類的電池取出，另外放置。記着：不要攜帶武器，即使只是拿來作天才表演，就表演花拳繡腿、徒手相撲好了，別被人當恐怖分子。出入關閘，切忌替陌生人攜帶物品，不要以為自己行俠仗義，人心叵測，誰知道那會是甚麼東西。

過關時，可以請關員在護照上蓋章，這是不錯的旅遊紀念品。德國海關樂意這樣辦，因為是毛熊故鄉，別的國家大都沒有這樣的童心，我試過了，即使如今是新玩具王國的日本。燕青可以帶笛子去。這是樂器，放在寄艙的行李裏，德國人愛好音樂，小乙何不趁自由活動的時間，在廣場上演奏一曲呢？說不定可以賺數十個歐羅，夠你們買蜜糖吃了。

飛行時須聽機長、空中服務員指揮；航機升降時須扣上安全帶，垂直椅背。不可隨便離開座位，四處走動。也不要擅取機上的耳筒、食具等。此外，記得關上手提電話，談話時何不面對面，老講手提電話，成為壞習慣。

在酒店房間要注意保持清潔、寧靜，冰箱內的食物、飲品絕不便宜，吃了喝了，要自行付帳。早餐、午及晚膳時要有禮儀，同桌團友到齊，方可開始進食。要使用公筷、公匙；別用自己的筷箸、湯匙往湯裏打撈。吃自助餐時，能吃多少才取多少，別扮演搶食餓鬼，別浪費。既是旅行，何不試試別國的食物，不要老嚷着吃飯吃麵吃蒸餃。讓肚皮腸胃也打開門戶，吸收外國文化。在德國，當然會安排吃幾次西餐，我教過你們餐桌禮儀了，喝湯不是吃 sh sh 麵，不要發聲，更不要誇張得像賣廣告。如果用碗盛湯，湯匙朝內撥；用碟子盛的話，匙則朝外。麵包不要握在手爪裏咬，應該撕開，一小塊一小塊吃。桌上排列的刀叉，按次序取用，一刀一叉，由外至內，只有湯匙是單獨的，好像橫匾，用後放在碟子裏，時鐘五時的方向。我特別要提一提如何吃水煮的白香腸，那是法蘭克福的美食，它們可不是香蕉，別拿起來剝了皮吃，而是從水鍋中取出，放在碟子裏，用叉按住，用刀切開薄腸皮，然後切腸子吃。別以為弄刀動叉不及用筷箸文明，彷彿上陣殺戮，把死肉再殺一遍，不是的，我們不過把殺戮收藏，在廚房裏完成，還說「君子遠庖廚」。當然也別用手，你們可不是印度熊。導遊會帶你們到著名的大啤酒屋去，那裏很熱鬧，常常坐滿上百人，有民族音樂，可以開懷大聲談笑，和梁山泊聚會沒太大的不同，盡量喝德國啤酒好了，唱戲也行，德國人喝夠啤酒，看起來也會像梁山好漢。就是別鬧事打架。

每次上街，要穿得整整齊齊，尤其是史進，不要打赤膊，你那一身龍紋，只怕會引起歐洲的同志誤會，追蹤數條街。任何地方，都要保持寧靜，不可喧嘩；也須保持警覺，留神背包、照相機等。別蹲坐在車站、路邊、店門口，像一隻隻青蛙，多難看呵。不可隨地吐痰；不是說沒有這樣的告示，你就可以隨地吐痰。歐洲沒有一個地方會警告你，不可隨處大小便，那還用說麼？在馬路上步行須謹守交通安全燈號，小心車輛。

史進替我看好時遷，別去偷雞，染上禽流感，我也救不了你。參觀展覽時，不要觸摸展品，更不可順手牽羊。展館內攝影不可使用閃光燈。張清不准扔石子，要知道，你去的幸好是德國，不是巴勒斯坦，不然，小心會獲報之以子彈。天氣炎熱，你們又愛游泳，但是，聽仔細了：嚴禁潛泳，因為，你們下了水，游着游着，豈不舒暢，上岸時，可能出了波羅的海。
你們都有數碼照相機，拍些照片回來，也可以伊妹兒給我。
就是這樣了。祝一路順風，旅途愉快。

——二〇〇八年十月一日

香斗

周作人曾經寫過七十二首兒童雜事詩，其中六十九首由豐子愷插圖，一九五〇年在上海《亦報》上登載。第二十四首是中秋，寫道：「紅燭高香供月華，如盤月餅配南瓜。雖然慣吃紅綾餅，卻愛神前素夾沙。」

豐子愷的圖，畫的是兩張相疊的方桌，都披圍幃。桌上有一小香爐。內插三支細香。兩旁是高腳燭台，各燃大蠟燭一支，方桌互疊，位置比人高，畫者採仰角繪成，所以看不清供月的食物，似是果餅之類。桌上倒有一件直立長方形的物體，大概是靈牌，因為詩中有「神前」語。圖中有一丫角辮髮小童正在蒲團上跪拜叩頭。旁邊觀看者一為成年男子，另一為梳長辮穿長衫馬褂的小孩，手拿食物，正放進嘴裏。天上的月亮，從烏雲中冒出來。

鍾叔河為詩圖作箋釋，引了《紹興風俗習尚》，說到紹地的中秋祭月，是燃一對大紅燭，供一個大月餅，配四色水果、南瓜、西瓜和北瓜。蠟燭重量由一兩至一斤，月餅由四兩至十斤。周作人的詩注也提到大月餅直徑尺許，與木盤等大。

我的童年在上海度過，所見的中秋景色是滬式的，和紹興的甚不相同。在上海，每年中秋，每戶人家必去買一個香斗回來。這香斗由香燭舖製造，底部是個像花盆模樣的堅實紙盆，填上檀香木屑等物，中間插一支粗約一寸、長約尺許的大香。香的上端三分之一處糊了個方斗，裏面放個穿官服的紙人，高舉一足，彷彿踢球。這人是魁星，踢的是斗。魁星是天上的文曲星，據說生前科舉考試，三次都落第，原因是其貌甚醜，他一氣之下投河。魁星踢斗，蟾宮攀桂，都比喻功名富貴。

中秋那天，晚飯後，住在樓下的人家都把桌子搬到戶外，住在樓上的，就把桌子移到窗前。香斗是這晚的主角，從店舖帶回家時，還附有配件，正式祭月時才佈置起來。那是四面彩旗，紅、綠、黃、紫，顏色非常鮮明，有一種染色的效果，充滿神采。旗上印有圖案和人物。香斗搬到供桌上後，彩旗就插在底部的邊緣，微風拂過，紙旗輕輕飄揚，繽紛中呈現動感。於是把長香點燃，一縷灰煙，裊裊上升。

供桌上的果品，一般是菱角、橘子、梨和柿，當然還有月餅。我家是廣東人，人對鄉土的感情，往往在節日中浮現出來。節日前一個星期，就在常常「飲茶」的廣東茶樓買了月餅。廣式月餅沒有尺許長的體積，可也高大健碩，油光閃亮，餡子是蓮蓉和蛋黃，也有五仁和金華火腿。鄰居經過，常常駐足觀看。他們的月餅，顏色較淺，白中顯黃，像個大號的蟹殼黃燒餅，餅面印有圖章般的紅印花紋。我自幼不喜吃蛋和火腿，偏愛五仁，因有榛子、杏仁、核桃、瓜子等果仁，彷彿鳥結糖，嚼來有質感，所以常常帶了月餅和鄰居的小朋友交換。玫瑰月餅有芝麻，椒鹽的甜中帶鹹，味覺的記憶既深刻，又美化。

一支香，但耐燒，可燃好幾個時辰。明月斜西，高香也燃得低矮了，於是切月餅，吃水果，這正是小孩期待已久的時刻，因為供月的儀式終結，家家戶戶會把香斗放在地上的火盆燒掉，但香斗上的旗子，都是孩子爭奪的玩具。家中兄弟姐妹多的，只好一人一面旗吧，拿在手中，在里弄裏奔跑，好像握着甚麼令旗似的，後面跟着千軍萬馬。至於那些獨生的子女，正好把旗插在背後的衣領中，模仿戲台上的大將，俺乃常山趙子龍是也。女孩也不落後，自稱是穆桂英、樊梨花。孩童在弄堂裏穿花蝴蝶，個個旗幟飄飄。

一九五〇年時，我已隨父母離開上海，這一別，竟和香斗永遠地別了。中秋節時在公園中見到兒童耍熒光棒、熒光槍作星球大戰，令我想起童年背插紙旗的日子。

明月年年有，再見香斗，是在蘇州的民俗博物館，那差不多已是半個世紀之後。

——二〇一一年

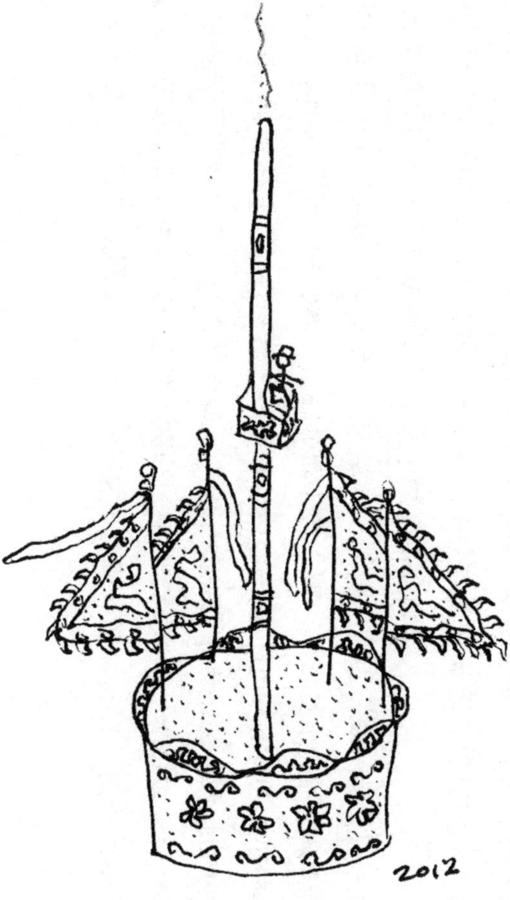

香斗（西西繪）

聲演小說——觀看香港和聲演唱〈瑪麗個案〉

提到小說，應該想到閱讀，或者，小說可以搬上舞台演出，成為戲劇，那就可以觀看。小說還可以和其他表演媒介攜手，演變為音樂劇、芭蕾舞，甚至默劇等等。小說改編成和聲演出，則比較罕遇。最近一位年輕作曲家盧定彰（Daniel Lo）把我的小說〈瑪麗個案〉寫成樂曲，由香港和聲合唱團（Hong Kong Voices）在六月間公演。我看了表演，很感動，覺得這麼一個小說，還可以引起年輕人的興趣。中國的詩傳統，大多合樂，可以唱，到了新詩，放棄了樂譜，再不能唱了，當然也有不少人為新詩配樂，但唱新文學的小說，我以往沒有聽過。

〈瑪麗個案〉寫於一九八六年，那時中英正在談判香港的回歸問題。我當時看了一則國際新聞：一個小女孩瑪麗的監護歸屬權，荷蘭和瑞典鬧上國際法庭，我想，我們一般不會以為小孩會有自己的想法，但小瑪麗有，她提出選擇監護人的要求。

盧定彰選擇這個短篇小說，演繹了七段和聲。小說本身甚短，不過三、四頁，和聲也不長，總共約二十分鐘，可意義深遠，帶給我們一次全新的經驗，很具發展的潛力，值得探討。

爭奪子女的撫育權，在過往的文獻、作品中有不少先例，最著名的是《聖經》記載的所羅門王的判案，以及元朝李行道的雜劇《包待制智勘灰闌記》。以往，總是生母贏得判決，那反映封建社會的價值觀。到了布萊希特的《高加索灰闌記》（一九四四—一九四五）才有了突破，他讓愛護小孩的養母得勝。「灰闌」的經典故事，既有珠玉在前，我再寫，如果有一點新意，是想到那位在灰闌裏被人拉來扯去的當事人還是缺席的；沒有發言權，因為他是小孩。但這「小孩」，其實從封建社會走到二十一世紀的新時代，活了許多許多年，是我們不讓他長大。如果他有話要說，我們是否也要聆聽？布萊希特修改了中國的元劇，我覺得我們也可以再修改一下，重新發聲。

〈瑪麗個案〉全篇只是八句新聞報道，每一句之後是我自己的解讀，最後提出問題。下一篇〈肥土鎮灰闌記〉，我轉而從小孩的角度去寫，思考傳統的審判、雜劇，以及布萊希特的內容以及技巧的創新。

〈瑪麗個案〉只是一個骨架，可以說是〈肥土鎮灰闌記〉的序幕，並不見血肉。為甚麼不寫血肉？因為不知道。一般的小說，人物的面貌、情節，看似真實，栩栩如生，其實多半是虛構。〈瑪麗個案〉卻是一件真實的國際新聞，除了大綱，生活情況、人物背景都沒有報道，如何可以亂作。所以小說中沒有鋪陳，而聲演中也不虛構。

小說原作有許多布萊希特的影子。最明顯的是出現了一個敘述者，也等於說書人。一般的小說或傳統的戲劇，都不需要敘述者，而是由人物或演員演出，要演得唯妙唯肖，期望打動觀眾，讓觀眾融入虛構的世界。這也是布萊希特所稱的亞里士多德式的戲劇。亞里士多德認為觀眾對劇中人的遭遇感同身受的話，看完後會有一種洗滌作用（katharsis）。這個詞有人譯作淨化，朱光潛則翻作宣洩。

布萊希特並不同意，他認為讀書觀劇，不應受故事、劇情俘虜，不可被濫情沖昏，而應該保持清醒，對發生的事件作判斷，明辨是非。這一態度，怎樣做到呢？這就是布萊希特引入的間離效果的目的。這手法，他自稱是得到中國京劇的啟發。為了提醒觀眾觀劇時不要忘記自己是觀察者，而不是被動、消極的參與者，布氏劇作總不時打斷戲劇的發展，運用敘述者出來說話、唱歌、旁白，或者舉起「標語牌」，令觀眾返回現實的世界。他一面要你進入戲劇的世界，另一方面又要你回到現實的社會，把感受變為認知。他想你思考，要你抉擇，要你行動。嚴格而言，他的人物，往往是理念的化身，並沒有自己個人的意志。

把小說編為演唱的樂曲，作曲人當然要明白原作寫的是甚麼，又要發揮自己的創意，這才成為對話。盧定彰在《香港和聲二〇一七——根源》的場刊說：「樂曲分成七節，以無伴奏合唱的方式演出，連同旁白，營造出談話對答的效果。」他處理的手法恰恰令人想到布萊希特「敘述」的法則，而同異並見；他看來很清楚，小說原作回應了布萊希特對「敘述」理論的革新（小說最後就提到布萊希特）。七段合唱，每段唱詞他找出一個關鍵詞：瑪麗、兒童、媽媽、父親、監護人、意願，以及法院。在關鍵詞下反覆延伸。小說從一兩句報道開始；唱曲則一開始就唱出主人公瑪麗這名字，之後插入敘述，所以只需七段。例如起首的「瑪麗」，曲詞為瑪麗，名字叫瑪麗，小小的瑪麗名叫瑪麗，她的名字叫瑪麗。和聲團就男女高低四部迴旋上述的單字和句子，共六十音節。有創意的是，小說每段開始的敘述，是說明（telling），是報告（reporting）；重點在之後的解讀、聯想，那才是作者的演出。演唱則把小說的敘述變成具體、最重要的演出（performing），然後才是道白，由道白貫串故事，並作分場；主和客變換了。

無樂器伴奏的演唱（A Cappella），團員則有女高音、女低音、男高音、男低音，四部合唱，合共約二十一人。光是唱，會不會單調呢？那就要看作曲人的本領了。他用不同的方法把和聲變得多姿多采。例如開頭的「瑪麗」，由女高音先唱，一音節後女低音入，又一音節後男高音入，再一音節後男低音入。每一個聲部都時唱時停，在同一時間上，男聲唱着第一拍子中的「瑪」字時，女低音則唱了四次瑪麗瑪麗瑪麗瑪麗；或者男高音在第一拍始唱，男低音則在第四拍入，等等。這樣和音就變得有變化，有層次。

盧定彰又加入其他的聲音，如第四段的「父親」，一開始只用女高音唱 ding-ga-ding 三個音節，才切入男高音唱瑪麗的父親是怎樣的人。然後是男低音加入唱：不知道，不知道，形成戲劇式的對答。這一段非常有力，因為再演變為重重的單音「道、道、道、道」，一如錘打麻痺的腦袋。同樣在第五段「監護人」，則由男聲主唱 ti-ka ti-ka ti，彷彿鬧鐘報時，不久就會響鬧，有甚麼事要發生了。我想到一個是敲擊的鐘（bell），另一個則是鬧鐘（alarm clock），這些聲音在各聲部之間跳躍，這就頗有布萊希特要喚醒觀眾的「間離效果」。

第三段「媽媽」是很特別的設計，甚麼設計呢？特別在哪裏呢？第三段一開始竟是改唱起一首歌來，而且是人人都熟悉的歌：〈世上只有媽媽好〉。這是蕭芳芳一九五八年電影《苦兒流浪記》的插曲。只那麼一句，稍作改動，這完全是作曲人的創意。各部再分別唱「媽媽好」，這當然是大家都同感共鳴的。這使原作者很驚奇。一般的聽眾大概會很投入，啊，多麼溫馨的歌呀，正適合小女孩的無助處境，觀眾一下子就捲入劇情的漩渦去了。何以吃驚呢？因為布氏的史詩戲劇是要讓觀眾成為觀察者、抉擇者，而不該捲入戲台上的事件中同感共鳴。共鳴，是不適當的。那麼，作曲人失手了嗎？沒有。其實，布萊希特並不反對共鳴。只要能從漩渦中跳出來就可以了，要離，也要即。即的方法，最好是訴諸我們的集體記憶。盧定彰很冷靜，他只挪用了「媽媽好」的第一句，適可而止，放了就收。

〈瑪麗個案〉本是小說，如今變身為音樂演出了，且帶有戲劇的身影，可聽，可看，而且因為出現了道白的角色，對改編小說，無疑是一大巧思，多少化解交代情節時的難題；當然，〈瑪麗個案〉是比較簡單的，意思也很清楚，至於更複雜的小說，就是音樂家的挑戰了。現場之後另有余穎欣的動畫錄像，那是另一媒體參與的創作。

香港和聲合唱團是一群喜愛音樂的年輕人，走在一起唱歌，沒有太多的資助，有點像我們年輕時一群人辦雜誌，只因為喜愛文學，而不是為了出風頭。他們綵排時我因為好奇去看了，這才認識合唱團的主席陳維寧。他們努力用心地排演，做自己喜愛的事，而且做出創意。合唱團副主席凌霄志對我說：我們以前都是唱巴赫、莫扎特等古典作品，現在有了香港的曲目，可以用普通話唱，這次也可以用廣東話唱，大家都很興奮。對我來說，真是奇異的經歷。

——二〇一七年二月

女子寫作——莎士比亞妹妹與蕭紅

七八十年之前，吳爾芙認為女子想寫作，要有一個自己的房間。她還塑造了一個莎士比亞妹妹的故事。這故事令人想到後來魯迅提出的《娜拉走後怎樣》。吳爾芙假設莎士比亞有一位妹妹，才華跟哥哥不相伯仲，可是自幼得不到學校的教育，她必須留在家裏幹活幫補。她不可能開拓生活，打開視野。爸爸並且一早就向她催婚。本來，她的想像力豐富，對文字同哥哥一樣很敏感，而且，她也同樣醉心於舞台藝術，可是，待在鄉下，絕對沒有發展的機會。她於是毅然逃離家庭，學她的哥哥，跑到倫敦去。她站在戲院的門口，告訴別人，她多麼渴望演戲。結果呢，大家笑得人仰馬翻。一個甚麼的演員兼經理人，可憐她，收留她。她就因這位先生而懷了孕。這麼一位女子，本來也可以成為莎士比亞，卻因為這種種原因，才華不能發揮，在一個冬夜裏自殺了。

這是吳爾芙那本《一個自己的房間》裏我印象最深刻的一段。女子要寫作，必須有錢。那麼她自己呢？也許有人會這樣反問，有了錢，可以寫了吧。她在日記裏早就這樣回答：「我是英格蘭唯一可以隨心所欲寫作的女子。」那是一九二五年；再早幾年，她和丈夫在倫敦郊區租了一個單位，買了座二手印制機，開始出版當時沒有甚麼人會出版的書，包括曼斯菲爾德、艾略特、奧登等人的作品。可以隨心所欲地寫作，好極了。但吳爾芙在日記裏忽而又要大家可不要相信她。因為寫作還不僅僅是經濟的問題，還需要健康，肉體上的，精神上的，像吳爾芙自己就一直受嚴重的抑鬱症折磨，經常產生幻覺，一時感覺極幸福，一時感覺極痛苦。

吳爾芙和莎士比亞妹妹的問題，大概都屬於個人的問題吧，但仔細的看，影響女子的寫作，除了內在的因素，還有外在的環境：一個健全、開放、沒有歧視的社會環境，往往又內和外交煎。許多年前我讀陳寅恪的《論再生緣》，大受感動。陳先生説作者陳端生生於清代乾隆一朝，是一位才華絕代的女子，年紀輕輕，十八、九歲開始寫作彈詞小説《再生緣》，二十歲時基本上寫完十六卷，婚後輟筆，過了五六年幸福生活，丈夫因牽連科舉舞弊案，放逐新疆，從此憔悴憂傷，十二年後再續寫一卷，終於沒有完成，看不到丈夫獲赦回來已病逝了。之後聲名湮沒。經過陳先生的追尋、考證、分析，我們才認識這麼一個作家。

《再生緣》寫的，年紀稍長的讀者都耳熟能詳，那是孟麗君女扮男裝應考科舉，高中狀元，並且做了宰相。故事俗濫，但在科舉考試、作官主政、只容男性的時代，其實暗含不平之思，抗議君父夫三綱的封建枷鎖，而渴望自由、自尊，可說超越時代。採用彈詞的形式，也有離經叛道的心意。初卷在浙江一帶流傳，但也引來不安女子本分的議論。孟麗君，依照陳先生的分析，其實是作者陳端生的理想寄託，是自己的「對鏡寫真」。書不能團圓續完，是由於丈夫未歸，不忍續完。此外，陳先生認為《再生緣》的結構精密，採用長篇敘事的七言排律，文氣貫通，情節緊扣，「今情古典」融會，這在古典長篇巨製中最為難能可貴，正是思想靈活的表現。陳先生的結論是：「故無自由之思想，則無優美的文學。」這當然同樣令人想到陳寅恪自己一生的堅持。

最近看許鞍華的《黃金時代》，讓我們重溫了另外一位極有寫作才華的年輕作家的一生。若論環境的困難，誰比得上蕭紅呢，尤其她是一個身心都受摧殘的女子，同樣年紀輕輕，兩度懷孕，一個不得不棄養，另一個早夭。這絕對是女子才有的苦難。她過世時才三十一歲，寫作不足十年。過去評論蕭紅，大多集中她早期的作品，或者只當她是抗日作家；史家對她的興趣，也聚焦在她的愛情故事，又或者她與魯迅的往來。很少人解釋，即使她的朋友絕大多都是左翼文學藝術家，耳濡目染，她最後在香港發表的作品，開始成熟的作品，例如《馬伯樂》、《呼蘭河傳》，卻完全和當時鋪天蓋地的「革命」沒有關係。於是大家都認為這位作家沉淪了，有人甚至批判她「完全將自己關在自己的小圈子裏」（石懷池〈論蕭紅〉）。她和蕭軍的分手，看來是無可奈何的必然，愛情不是應該讓人舒展潛能，讓人獲得自由麼？對革命對文學，兩人並不同調：對革命，她自稱並無了解；對文學，她卻堅持了自己的信念，又或者，她終於認識自己的追求。她對筆下的農民，也決不是一面倒的讚美。電影裏很重要的一場，是蕭紅與端木蕻良的談話，端木說她的作品更接近文學的本質；蕭說：有各種各樣的作品，就有各種各樣的作家。蕭也指出，她和丁玲是截然不同的人。許鞍華和編劇李檣表現了對蕭紅深刻的理解，而毫不張揚。電影到最後為《呼蘭河傳》平反，其實是為蕭紅這個人以至於為不肯隨波逐流的文學藝術平反。以那麼一個地方做小說的主人公，而不是依賴特定的人物一貫的情節，通過不同的角度不同的方式去寫，在一九四〇年代初的中國新文學，無疑最前衛、最有創意，而這種獨立不群，才是這位作家值得我們尊敬、愛護的地方。可惜要等到文革以後評論家才改變態度。寫作以來，她一直沒有好日子過，挨餓、受騙，大着肚子東奔西逃。她是否有點像莎士比亞的妹妹？她如果不是女性，同樣會吃苦，不過有些苦卻不必吃了。她寫出最好的作品時，飽受疾病的煎熬，外面是隆隆戰火，還有一個要指令她寫甚麼又怎麼寫的文化圈。她真正的黃金時代，竟然在香港。

——二〇一七年三月

無牆·空間·時間·光——看浪人劇場演出 Bear-Men

演出時，舞台上已經擺好了家具。那是一個房間內常見的家具，一字兒排開。室內有若干椅子，有一台獨立一側的縫紉機，地上有一塊毛氈似的物體。四周空蕩蕩，沒有牆壁和門窗，明白顯示，此處是無牆劇場；也顯示出室內空間和室外空間是相連的、互通的，可以自由流動。空間如此通透，彼此交替，光線也隨之變換。晨昏輪轉，天然光與人造燈各自爭輝。舞台上要演的是非線性序列的故事，時間並不依照先後順序進行。不同的時間和不同的地點會疊放在一起。這是中世紀鑲嵌畫的風格，把彩色玻璃的碎片組合成璀璨的圖畫。碎片化的結構時斷時續，和二十世紀的藝術再次融接。無牆劇場並非新事物，中國京劇早已發揮得淋漓盡致，抽象的佈景，程式化的動作，都有象徵意味。當年布萊希特看京劇，可以理解他是多麼震驚。

舞台上最矚目的是眾多的燈盞。劇情就在燈盞盡明中開始，除了家具外，舞台上已端坐五人，面向觀眾，他們正乘着顛蕩的列車，在一片聲光交錯的車廂中疾駛而去。這不是一個起承轉合小說式的敘事劇，而是用抒情式的散文表意。全劇約一小時半，略分三小節，沒有中場，從頭到尾由五個人物演出。他們是父親、母親、兒子、女兒和朋友的身份，各自表述自身的創傷。既有傷痕文學，當然有傷痕戲劇。傷痕有宏觀的，來自大時代的淪喪；也有微觀的，那是個人的不幸，例如劇中的父親為了體面的緣故，堅持穿着會刮傷足部的皮鞋，使傷痕加深。劇中另一人一開始就臥在室內的病榻上發言。都是一樣的痛楚，要分高下的話，那恐怕只是牆的幻覺。我們都知道牙痛慘過大病。但痛楚是孤獨的，這反而與人類隔膜無關，即使有最大的同情心，也不能真正的感通別人的痛楚。而有些痛楚，可永遠治癒不了，永遠留下傷痕。只有通過藝術，恐怕唯有藝術，才能打破那堵牆。全劇沒有主角配角之分，演員都是主角，個個獨當一面，每個人都有相當的戲分、相當的傷痕，用各種形式表現，不但演、說，還唱，唱不同的戲曲、民謠，還奏樂器，不同的樂器。

西方文藝復興的藝術，以定點透視展現可見的世界，但可見的世界並非由一個定點可以完全囊括，更莫説可以主宰。立體主義的畫作開始呈現不同的角度，畫面上出現三隻眼睛、兩張嘴巴，同一畫面，讓我們看到紛呈的世界。這是時間的空間化。但老實説，我們生活在不同的時間裏，看到不同的東西，但眼前的，只能是兩隻眼睛、一張嘴巴，否則要不是眼睛有問題，就是神經錯亂了。立體主義的畫，是視界的突破，卻是神經錯亂的後果。早期的劇場也主要提供單一可見的世界，但這單一的觀看框框，也受到挑戰。在浪人劇場的 *Bear-Men* 中，女兒自稱常常躲在母親的縫紉機底下，這是她個人私密的空間，説着説着，就把那「底下」的空間從機下取出，移到觀眾可見的地方。這道具只是簡單的一塊可摺疊的硬紙板，矮矮的三疊屏，上有一個孔洞，觀眾透過孔洞可以見到紙板另一邊的女兒藏身之所。那就是舞台上另創的平行空間。當母親和女兒通話，她只是彎身對着縫紉機發話，而女兒就在觀眾如今可見的新空間回應。當然，這也是無牆的劇場，母親可以坐在縫紉機的旁邊，一邊工作，一邊向虛構的邊緣說話，與鄰居打招呼。並且用聲音把室內外打通，一句向鄰居商借三隻雞蛋兩條蔥，就把室內的空間無限擴展開去。

廣義而言，劇場和美術品都屬於空間的藝術，觀者所見皆是一幅幅框架中的作品。在同一空間裏處理流逝的時間，如今的電影要便捷得多。太便捷，變得想當然，而形式的困限，反而成為趣味之源，甚至成為力量，我們看到種種突圍的努力。中國的律詩就是例證。美術品，例如繪畫，看來跟時間打交道要艱難得多，立體主義之後，又有未來主義，杜尚畫出女子下樓梯連續的複式圖像，巴拉畫出小狗散步時不斷移動四腳的重疊畫面，馬格列特則別出心裁，畫出冒煙的火車從壁爐中駛出，怕觀者不明白還在爐架上畫了一個鐘，那表示時間。

看「熊人」的戲劇，我看到空間融合時間的表演：

一、女兒記憶她年幼時失足落水，幾乎溺斃。她說她是依自己的意志和不停努力撥水冒升而脫險，是的，到頭來能夠拯救我們的還只能是我們自己。這時候，在舞台上，觀者看見演員不停移動肢體，向上伸展，而頭頂出現了源源不絕的氣泡：

真實的肥皂泡飄散、飛揚、降落、破裂、消逝，過程不短，卻展示時間的身影。這一場不易控制，氣泡要不多不少，不能飄浮太遠，不能把舞台變成溜冰場。

二、自一開場，舞台上就有一人用扇子搧起地上的紙絮，輕拂飄揚，是灰塵吧。在光線的網絡中，灰塵飄浮不定，聚而又散，持續恆久。那是時間的脈動。那是星塵。在陽光的映照下，反射出彩虹似的繽紛色彩。在劇終時以翻飛的高姿態跳躍，與本來靜態的空間合為一體，這是時空的結晶。

三、為甚麼要獨白？我們不是一直要求容納不同的聲音，要眾聲複調麼？但這是一群受傷的熊人，傷痛，的確有賴自療。你必須一個人面對自己，尤其是自己的過去；獨白，是跟另一個自己對話，讓當下的時間打通過去的時間，讓兩個時間商量。而有些對話，其實只是獨白，只接聽自己的聲音。為甚麼要合唱？這是異中之同，共同傳遞眾人對未來的希望。這是古希臘劇場的回響。

四、燈光是人物之外第六個同樣十分重要的角色。光是時間的載體，最矚目，卻是在無聲中調度，分別室內室外，又區分晨昏。夜晚時室內燈光輝煌，室外則煙花燦爛；正午時分，陽光普照，移動的陽光散發不同時辰的光度，由橙黃、玫瑰紅，轉變到蠔白，恍如繁花綻放。劇場如此多彩，真好看。

——二〇一七年七月

找書店，在成都

一

香港可逛的書店越來越少了。想逛書店，到哪裏去呢？朋友說，去成都吧，於是，就去成都了。二個多小時的機程，一會兒就到。上機前一直在忐忑掙扎，去呢還是不去，因為早一兩晚沒有睡好，不睡好，許多毛病都來了。去看我熟悉的醫生，像問卜，出行宜否。他的答案也總是：吉。我每次旅行，總要看看他。沒有一次他會說不宜，然後給我好幾種藥。

成都的天氣還好，沒有藍天白雲，可也沒下雨，氣溫攝氏二十六度。選了位於市中心繁華商業區的酒店，在春熙路。下午，去找書店時，酒店大堂的服務員在大門口朝我們指示方向，這麼直走，過了國際金融中心，左拐，過了馬路，直走，到路口，右拐，就到太古里了。我們要找的書店，名方所，位於太古里。

說說簡單，走走也蠻遠，左拐右拐，不知如何經過一條小吃街，我已疲倦，就坐在小吃店門外的膠椅上，由朋友去探路，只遙見朋友向一路人問話，然後一齊前行，瞬即沒了蹤影。莫非是科幻小說的情節？我只好坐着等，一面看旁邊一桌子人捧着大碗吃擔擔麵。等着等着，朋友回來了，路人真熱心，一直帶路帶到大馬路外。於是我們也找到了太古里。路口有地區標記柱，這是個著名的商業區，由一群大廈包圍起來，中心是廣場，四周的建築經過仔細設計，有高的大廈，有兩層高的群屋，有三、四層高的餐廳和茶座，名為翠園，果然像個園林，正面一幅高牆爬滿植物，四周都是樹木，正前面像峽谷般空曠，只見有電動樓梯上下。這裏和四周的新建築，和諧地融入了城內許多民居樓露台裝飾的風格，運用同一圖形和顏色，圖形是直條和橫條，咖啡色。廣場相當寬闊，四通八達，都是店舖，時裝店的衣服很精彩，已經出售冬衣了，及膝羽絨的長大衣，滿身都是鮮艷紋樣，相信是東洋的設計。所有的店都如畫廊般吸引人。

我們又迷路了。問迎面的一位青年，他只答三個字：富二樓。指指一個角落。

走向前一看，地面一個洞口，有下行的電梯。又問從地庫出來的年輕女子，她說：下面是有書店，可不知道店名。我忽然明白了，青年人說的「富二樓」其實是「負二樓」，正是B2的意思。終於找到方所了。太古里本來只是一個富品味的小區的名字，哪有甚麼富或窮的二樓。如果說到方所的地址，應該是成都市錦江區中紗帽街八號。錦江區共有三條紗帽街，即南紗帽街、中紗帽街和北紗帽街。我們找到南和北，就是不見中紗帽，因此兜兜轉轉，還是找太古里容易。

方所創辦人之一是廖美立女士，來自台灣，有識見，有魄力，有過帶領誠品的經驗，近年和內地著名時裝設計家毛繼鴻合作，成都已是第二間，第一間在廣州開設，同樣在時尚的太古匯商場。五年前我到過廣州的方所，是為毛態展覽而來。成都的方所，比廣州的一間規模又進一步，因為店面更大，彷彿一座室內籃球場，裝置也別出心裁。商場內的書店，在街道上完全看不到招牌，一般人逛街不會知道，只有讀書人才會互相通傳，很快受到注意。方所外貌十分低調，門口靜悄悄，燈光隱隱約約，店名又是小小的花體字，難怪進去過的姑娘說，是有一間書店，可不知道名字。

一進門是買衣飾的大廳，真使人以為是時裝店。經過左右兩邊的時尚衣裳陣，豁然開朗，面前就是深不見底的寬闊書店了。正中都是一座座小展示桌，一米高吧，讓你看得見背後的一排排展桌，橫的、直的，井井有條，彷彿一幅幅井田，四周阡陌縱橫，讓看書人自由往來穿梭。桌枱上當然擺了書，有的則擺美學商品，動手做的摺紙、自砌的溫室、小書店等工藝品。西面的牆有特別的設計，底層當然是一列書架，店面有多深書架就有多深。在這一列書架之上，有一條棧道，我說棧道，豈不是四川的特產。這是第二層書架了。棧道的前面是及腰高度的欄杆，背面則是另一列貼牆的書架。在這第二層書架上，又有一條棧道，同樣有欄杆在前，書架在後。這幅由底面至三層高的書牆，好像身處劇院的包廂。

店面的西牆是書架的列陣和適宜散步的棧道，東面則是一座開揚的茶室，長方形，兩端為出入口，正中是個大空窗。室內有幾套桌椅，適宜小坐喝點茶水和吃片蛋糕，或者靜靜看書。其實更適宜看窗外的人，有人在空窗前步過，有人在中央的書桌間徘徊，更有趣的是看棧道上的行人，或往或來，或東或西，或走或停，居高臨下，也在看樓下的風景，也有和朋友打招呼，微笑着。在茶室中，還有風景咧。負二樓位於大廈的底層，四周都沒有窗，但你忽然抬頭，見到茶室的天花頂罩着一圈布幕，布幕上竟出現了點點星光，彷彿身在夜空的天幕下，仰望星斗的浮沉。

休息夠了，該起來走走了。就朝店的深處走去，一面走一面經過從高空垂掛着的一片又一片玻璃片的字牌，每片寫着簡單的句子：凝視之必要。手感之必要。書寫之必要。探索之必要。啊，多麼熟悉的句子。你記得瘂弦〈如歌的行板〉中的詩行：溫柔之必要。肯定之必要。一點點酒和木樨花之必要。正正經經看一名女子走過之必要。啊，詩歌之必要。詩人之必要。書本之必要。書店之必要。一些書打開了，飄浮在半空中。

走到店面的盡處，有一道上行的電動扶梯送愛書人回返城市。但盡處未盡。過了扶梯還有半個球場大的空間，那是童書部，放滿了益智、優質的玩具和圖書，還有木梯，可以登上一艘木的潛水艇，那就不要打擾艇內遊戲或看書的小朋友了。

嗯，方所是甚麼意思？宋李綱《小字華嚴經合論序》：「如泛巨海，浩無津涯，必觀星斗，乃辨方所。」這是一個解釋，方所即是範圍。

二

書店名為「言几又」，令人莫名其妙。說穿了其實很簡單，不過是採用拆字法把一個字分拆成三份。「設」字一拆為三：言、几、又。當然，這個字也不適合放上電腦轉為繁體版，如果轉一轉，會變成言幾又。成都的大書店都是巨鯨，這還不算厲害，厲害的是，巨鯨出游，例必成群，像言几又，除了錦江區有一間，在天府區又有一間；而且，不單在成都有分店，還遍及上海、天津。譬如方所，廣州早有一間，然後是成都，據說，還會在國內開分店，並把成都店發展為旗艦店。鍾書閣也一樣，除了成都，在杭州、揚州和上海各有分店。這真是大書店遍天下的現象。

大書店的大，不只是指體積，而更以內涵算。如今的大書店，都以新文化一體化為主旨，店內除了售書，還設有咖啡座、餐廳、演講廳、創意市集、藝術廊、手工藝工作坊等等活動空間，集合生活、閱讀、創作於一爐，這就是文明的生活。發展下去，可能還會融合電影、舞蹈、戲劇、音樂會，前程無可限量。

幾間大書店其實都在繁華的錦江區，但我手上的資料不足，不知道近在身邊有言几又，反而到了較遠的凱德天府店，而且晚上抽空去。但這店又自有特色。在成都，令人稱道的是書店都很晚打烊，像方所、言几又等晚上休店的時間竟是二十二點。我吃過晚飯才趕去，差不多二十點，也不知可逗留多久。門口有一高大胖壯的青年，對我的詢問答是：九點五十分休息。我剛轉身，他又專程走來告訴我：我們在休店前五分鐘會有廣播提醒各位的。奇怪，這個盡責的人一直站在書店門口沒有離開，而是沿着同一步道不斷往返，從門東走向門西，又從門西走向門東，好像這是他的崗位，得好好緊守。我發現他體態沉墜，動作遲緩，忽然想到也許是個有點缺憾的年輕人。抱歉我可能看錯，這樣用人其實很有意思。

言几又的店面同樣有寬闊的空間，中間滿佈展示台，四周有書牆。不同的是，書枱間有較高的書架，一個人的高度，呈弧形，把正中的書桌圍在中間。店面的右邊有一列小隔間，好像店中的小店鋪，卻是不同的工作坊，展示不同的手工藝，有木材、皮革、金屬、布料，在飾櫥裏展示的就有項鍊、手鐲、襟針等。其中一間，展出一些框畫，是在一個個框中用木片砌出風景，背景是山水，前景是村舍。一名年輕店員正在工作，她讓我看材料，說是可以買一個木框，再選木片，在店內創作，設計風景畫。木片是經過激光切割好的牆壁或屋頂，上有窗和門的切縫。我想買回家設計，但她說，木片很多，要一面設計一面選才行，木片逐個算錢，完成才結算。可惜我沒有時間留下。

店面進深左邊是連接天花的高牆，書本一直豎到樓頂，真是束之高閣。這樣的書牆只有羅密歐才能拿到茱麗葉那些書呀。牆下卻有不少玩具，木陀螺啦、彩繪的小傘啦，都不錯。轉眼又見到新設計。鍾書閣有棧道沒有閣樓，言几又沒有棧道卻有閣樓，沿一道木樓梯上去就是了；閣樓像一個大房間，有窗有門，樓外有露台，露台有欄杆。房間內沒有圖書，因為這個地方，既非咖啡室或餐廳，也不是閱讀室和演講廳。原來是畫廊。室內有一張十多人可以圍坐的大餐桌，桌上擺的不是餐具，而是一個個直立的畫架，可以容納十多人一起上課繪畫。咖啡座、閱讀室常見，畫廊頗希罕，這是言几又的特色。凱德位置的書店應該是和錦江區那間不同，因為我沒有見到咖啡座和演講室。大書店是不會缺乏演講室的，因為大書店都常常舉行活動：簽名會、發佈會、講演會，活動頻繁，和讀者緊密聯繫。各店各有特別的功能。看來凱德分享的是美術。

三

一見到鍾書閣的書店名，三個字都是繁體字。為甚麼採用繁體字？也許因為若是用簡體字，一旦用機器一按，轉換出來的店名只會變成鐘書閣。鍾書，當然不同鐘書。店名三個字的讀法又是由右至左，和內地橫排的閱讀方向有別。書店位於天府大道銀泰中心，也是開設在商廈內。

抵達商廈時，計程車停在一個靜悄悄的入口，也不知是側門還是後門。進去問門衛，年青人指指前面的通道說，走到前面去，上電扶梯就可以了。又很有禮貌、笑容滿面請我慢走。果然，通道的另一端才是正門，才熱鬧呢，四周都是亮閃閃的店舖和穿梭的行人。成都的商廈有些奇怪，出入口多，入口處可以非常靜寂，也可以非常喧鬧。銀泰的正門大堂正是後者，大堂正展示「阿森一族」漫畫人物大展，整整一條通道的牆上，彩繪了一列漫畫人物和狗，個個瞪着大眼。此外又有許多獨立的塑像，遍佈大廈各層，或站在店舖外暗角，或站在服務櫃枱後等待詢問，十分有趣。這也是成都商廈的特色之一，各有精彩的設計。

鍾書閣位於四樓，所以謙稱為閣。大門口一幅玻璃文字幕牆，像街頭藝術，以白漆塗滿了文字和圖畫，內容似有寬窄巷、川劇臉譜、熊貓和一些我沒有細看明白的詞語。

由入口進內，分左、右兩邊，就朝左行，竟是茶座，正好先坐坐。像我這類老讀者，走不幾步，就總得坐坐。朋友普通話有限，遂用英語點了咖啡，無氣瓶裝清水和芝士餅。這時，有一年輕女子也來茶座，知道我們從外地來，問有甚麼可以幫忙，因為她是書店的職員，見我手拿紙張，問要找甚麼書，可以由她找。我說我們是來找書店的，手上的不是書單，而是書店的名單；如果方便，請她提供一些書店的名字和地址。她一聲好呀，就坐下來寫。寫了一會說，今天有空，還是帶你們去看一個書店吧。先陪你們看我們的店再說。她的英文名字叫 Winnie。

Winnie 陪我逛書店。如果我對方所、言几又的大空間感到目為之眩的話，到鍾書閣也就牢靠安全了，因為這裏有許多立柱，把書店分隔成獨立小空間，立柱由紅磚砌成。店中另有獨立書架，設計得像大漏斗，兩頭闊中間窄，不知是否象徵寬窄巷。紅磚既是隔牆，又是書架，書本直立，乖乖地，從書脊和讀者相見。書店在商廈的四樓，所以有窗，書店臨街的方向都是落地窗，內牆都是書架。店內也有棧道，就依內牆蔓延，雖然只有一層棧道，已經近五米高的天花了。走在棧道上可以向下看底下的一切、地板、坐椅，而下面看書的人，抬頭可以看窗外的遠山、河流、樹木、堤岸，看日出日落。躲在立柱背後的人不受棧道的影響，因為棧道和店面一般曲曲折折，如同九曲橋，過客一拐彎就不見了。棧道其實始於書店大門入口附近，由一條木梯登上。這梯可名「書梯」，因為梯級木板之下以一疊疊書擬作支撐物。

棧道也通向一個劇場式的大廳，那是演講廳，也是論壇，可以容納一二百人入座，講台在底層，聽眾席則由低至高，如同梯田一層層，彎曲又如雲朵。原來Winnie 不是書店的售貨員，而是聯絡員，工作是接待來賓，協助讀者，聯絡演講的嘉賓，簽名、發佈會的作者等，讀者多了，也幫手賣書。書店有一小室，內展一般的文史哲經典。書店的另一個方向是兒童區，一眼看去，繽紛七彩，如同彩虹花園，長滿特別設計的蘑菇傘、竹節、花草和風車。

走到五時，Winnie 提議要帶我們去看另一小書店，朋友有點擔心，因為時間不早了，不容易找車子，原來她有私家車，自己駕車送我們去，還要送我們回酒店。Winnie 年方二十四歲，大學畢業，已工作兩年。太熱情了，沒辦法推辭，而她其實只想幫助年長的讀者。於是，不久就到了另一社區。

原來是散花書院，不是開在青羊區窄巷子的散花書屋。這可能是成都講究生活品味的典型，不大，但精緻，注重擺設，一塵不染。說是書院，其實是茶舍。店內書本不太多，二樓皆是茶座，出售最多的是陶瓷、木雕、團扇，或是刺繡、紮染等民間工藝品。恬靜，舒適，如果要和朋友聚會、談話，真是個桃花源；話題不應該是股票的價格。成都除了大書店外，最多的大概就是這樣子的書店、書吧。當然，其他小書店也有專題的、無奇不有的，就得花時間去找了。逛了一回，我們就在區內一起晚飯，我說我也是寫東西的，好歹寫過一些，答應送她一本講毛熊的書，朋友也留下電郵地址。第二天，她就來郵問，您可是西西啊。聰明、熱心的年青人。

四

西西弗書店很早成名，是愛書人口中傳頌的小書店，所謂小，是相對方所、言几又、鍾書閣而言。據說一九九三年已在貴州開業，現在遍佈貴陽、成都、重慶、南寧等國內西南城市。成都的西西弗也在錦江區，就在春熙路南段八號群光廣場B2層。春熙路是成都最古老、最繁華的街道，如今並不遜色，車水馬龍，商舖林立，排滿東洋名店。群光廣場更是被大廈包圍，樓下是各式店舖，樓上招牌競艷，龍抄手，味千拉麵，麥當勞、擔擔麵、肯德基，各自爭輝。廣場上設有公園椅，坐滿行人，街側連接中山廣場，中有孫中山坐像，地上鑲有銅版畫一列，各一米正方，上繪當年此地的各種店舖、電影院、刺繡店、眼鏡店、鐘錶店之類。廣場中央停了美食車，入夜特別熱鬧。

西西弗開在鬧市的商場裏，站在廣場也不知方向，問幾次路才找到大廈，門衛指着一道下行的扶手電梯，下了一層果然見到書店的木板招牌，寫着負二樓。書店開在負二樓美食廣場拐角，同層的全是吃食的攤檔，一片喧鬧，書店則悄悄躲在角落，比起四、五萬平方呎的大書店，算是小小巫。店面呈長方形，門開在正中，兩旁都是玻璃櫥窗。左手邊是茶座，內有幾組沙發廂座，顯得古典而擁擠，不似靈活的桌椅可以移動，卻是個溫馨靜寂的角落。店面右手邊設有吧台式的櫃台，從天花板上垂下一列黃色燈泡，在圓柱形的棉紙燈籠裏發亮，彷彿東洋壽司店的裝飾。燈下坐着高腳凳上的讀者，低頭吃的是書，而不是吃麵。店裏擠滿了書架，書本不少，沿着牆延伸，也排列在店中心。

除了書，店內也出售玩具，大多是砌圖和紙品手工藝材料，動手做的系列，如砌船，就有羅馬古船、中世紀十字船、古帆船等，店內設有兒童樂園，適合家長來選購。除了玩具，店內有很多不同的書籤，有垂着珠子的、吊着絲線流蘇的，書籤本身有不同的圖畫和質料，竟有鑲上重重的瓷像的品種。又有不同的杯子、紙鎮，花款繁多的記事本、日記簿，還有明信片、畫卡等等。當然，書店主要的還是書本。書本的主角居然是法國的加繆，店門入口擺着一個矮書架，放的全是加繆的作品，當然，這是因為店名西西弗的緣故，他寫過一本《西西弗的神話》。希臘神話中有兩個最為人熟記的人物，一是穿上羽翅因蠟融化而墜海的伊卡洛斯，另一是因開罪冥神而受罰推大石上山的西緒福斯，這是西西弗的另一個譯法。存在主義曾盛行半個世紀，就因為加繆的著作，認為西緒福斯是荒誕英雄，一生徒勞，把巨石推上山頂又如何，巨石又會滾下山，得重新推上去。整個人的一生不斷推巨石，結果都是一事無成。

當然，人類可能比西緒福斯好一點，因為我們不停工作，好歹可以按時得到工資，養活家人和自己，沒有巨石推，就更慘了。但加繆仍值得我們尊敬和懷念，我們讀他的小說，可以不擁抱他的存在主義。西西弗書店也不是只賣存在主義的專門店。用名人做書店名並不是只有一家，廣州就有博爾赫斯，外國就更多了，像莎士比亞。

西西弗很容易逛一圈，我在書架上見到兩本自己寫的小說。因為廣西師範大學出版社取得簡體字的版權，國內的書店也有我寫的好幾種簡體字本。大書店太大，我主要去看店，反而不大看書，在書店看書，對我來說，會是很費神的一回事，我只匆匆在前後左右的書林裏散步，看林不大看樹。西西弗規模較小，所以看得較仔細。有兩本我的書在書架上，彷彿他鄉遇故知，卻孤獨地獃在一起。奇怪，我忽然心血來潮，對店務員說，架上兩本書是我寫的，要不要讓我簽個名。對方居然毫不懷疑把紙套拆開給我簽了。旁觀的兩名女子很驚異，當下就各買去一本。真是好一場遊戲。朋友說，不認識我了，因為我發神經了，鍾書閣的 Winnie 問我的名字，我一直不肯告訴她。我的解釋是，這是我的老家：西西——府哦。

從書店回到地面，在百貨公司內有一指示牌，上有我住的酒店名字，跟着箭頭走，不幾步，就回到酒店大堂。原來我住的酒店就在西西弗樓上。在成都逛了三天書店，真正的快樂還是買了兩袋喜歡的書和兩袋有趣的玩具，都由快遞寄回。至於還有該逛的其他書店，像景點寬窄巷內的見山書店、環球中心、陽光新業、格調書店等等，只好下次再見了。走出書店，還可以去看開幕不太久的成都博物館、較遠的三星堆。

——二〇一七年十月

洪範書緣

我在洪範出版的第一本書《像我這樣的一個女子》，已經是三十二年前的事，之前，我是洪範的讀者，之後就同時成為作者了。這許多年來，我的書，除了小部分有香港的素葉版，全都在洪範出版，翻開書目算算，也差不多有三十本。書出之前，稿件又大多通過瘂弦，或者鄭樹森，先在台灣報刊、雜誌刊登，我不知是否可算是目前在台灣發表最多東西的香港作者，但多年前有些香港人當我是台灣作家，沒有錯，作家生活在他或她的書裏，書本是作家的家，更長久的家，那麼我人在香港，可同時有不少歲月，更好的歲月，其實生活在台灣。而且書不止是書，最可貴的是書與書的交流，書裏書外的人情，尤其是在當書寫變得短小、人情變得輕薄的年代。

因為在台灣洪範多年出書，讓我認識好些台灣的朋友，有些我見過面，有些只是書信來往，我曾經先後提到過的，不想再重複了，有幾位比較年輕的我倒是見過面，也許只是一兩面之緣，可我一直記得，例如鴻鴻、王浩威、陳克華、張娟芬、陳天授，等等。駱以軍來港駐校時，還不怕麻煩替我從台灣帶回一個獎座；我們飯聚時，還有來自馬來西亞的黎紫書。另外一些，偶然通信，從未見過面，例如莊裕安醫生，近年少見他的作品了；又如張香華女士，她一直寄書給我，感激。另一位我一邊寫一邊想起的，是一位前輩，他是張佛千先生，他看了我在聯副的〈陪李金吾花下飲〉，寫了一副對聯給我，字是楚戈的墨寶，朋友告訴我，他有「聯聖」之稱；聯中提到「張大樂」，他可不知道，我父親的名字，正好是張樂。我們通了兩封信，然後他已經不在了。還有一位，我沒有見過，也沒通過信，那是葉覓覓，多年前她寫過一封信給我，我因為地址丟失了，沒有回覆，但我記得這位詩人。我讀台灣書報，遇到認識的名字總會特別留神。

此外還有中國內地，也是因為一九八七年替洪範編輯四本中國大陸的小說選，讓我因此認識了一些作家，例如莫言、韓少功、王安憶、李銳、蔣韻、張承志、李陀、余華、陳村、張波等人，都是中國大陸最好的作家。張承志曾介紹我認識他的回民朋友，他非常細心，帶我們去吃飯時，還替我們帶備了筷子。張波請我們到他在深圳的家一起包餃子。有一年，莫言南下，我們還相約到廣州聊天，記得同行的還有古蒼梧、何福仁、張紀堂。此外，或者在廣州，在香港，同樣曾經再和王安憶、李銳蔣韻伉儷、韓少功等聚會。當年趁到北京送書之便，我和朋友還拜訪了翻譯拉美文學的專家學者，像尹承東、蔣宗曹幾位。這些西語、葡語專家，對各地漢語的寫作，功勞極大，不知他們是否獲得應有的表揚。這些，都是由於洪範的書緣，而我多麼幸運，適逢其會。鄭樹森教授為洪範續編的內地小說，視野、包容更廣，無疑比我編的好得多。

近十數年，因為右手不方便，我已極少寫信，又不再用電腦，也因為這樣那樣的老病，抱歉已不敢接待朋友了，也不敢遠行，只靠就近的老友替我通消息。但我仍然閱讀，仍然寫作。寫了，可以結集了，就想到洪範，其他朋友也知道，當然是洪範。

從童話說起

我過去是小學教師。香港的政府小學，每班課室裏都有一個小小的圖書櫃，班主任負責把圖書借給學生看。圖書之中，有不少是童話，奇怪得很，小朋友越來越不那麼喜歡童話了，反而是我，對童話看得最有興味。一定是童話出了問題，不然就是小朋友出了問題；最有問題的，可能還是我自己。不過，我發覺大多數的童話，一來由成年人寫，心態和腔調都很成熟，二來也並非為小孩子而寫。譬如安徒生吧，他大部分的作品，其實不是童話，而應該是小說；此外，後工業時代的兒童的確跟以往的很不相同，他們變得物質化、科技化，對文字越來越喪失興趣。但回想起自己年幼時看童話，看的也只是童畫罷了，所以現在的情況，也可以理解。我小時候的圖書館，印象中的確大多是有圖的書，如今則是文字多於圖畫。

記得和何福仁的對談，其中一篇是〈童話小說〉，原本的意思是兩個人說說童話，說是動詞，小是副詞；童話小說，並不是一個名詞。我一直喜歡重看過去看過的書本，往往有不同的體會。許許多多我們熟悉的童話，提供了各種各樣的原型，可以讓我們重新編造。其實，童話的國度是想像的國度，時間和空間都無比遼闊，我固然喜愛《白雪公主》、《灰姑娘》、《快樂王子》，也喜歡《巨人傳》、《唐·吉訶德》、《格列佛遊記》，還有卡爾維諾的《我們的祖先》，以及加西亞·馬爾克斯的《巨翅老人》，它們也都是成人的童話。

我的古文很糟。我十二歲從上海來到香港，一年後入讀中學，初中時唸中文部，高中時轉去了英文部，課本只有中國語文和中國歷史兩科使用中文，其他都以英文教學，老師也多是洋人。香港的中學，主流是英文書院。中國語文的範文是文言白話各佔一半，中國的經典，大概略讀六、七篇就算了。離開學校，才驚覺自己的語文能力不足，這時才重新摸索。我試過為自己按照漢語文學史的發展編定閱讀目標，也仍然是略讀罷了，我們永遠都不可能讀完。我不久就放棄了。我幸好有兩位朋友，也是洋書院出身，可是古文根基很不錯，他們對我幫助很大，比方我要寫

〈肥土鎮灰闌記〉，就跟我討論元曲。我想，這個時代也許已不再要求我們能寫古文了，但能讀一點古典詩文，對一個寫作的人是很重要的，那給你一種歷史感，讓你匯通過去的血脈，成為大家庭的一員。另一方面，也磨練你的文字，洗練些。雖然，你儘可以是這大家庭的叛徒。一個寫作的人，到底要知道要反叛的是甚麼。何況，古典仍有它的「現在性」，我們就學習讀出它的「現在性」。

我想表達的東西，其中之一可能是：不要盲從，別輕信。這包括別輕信作者的話，不管是哪一個作者，要看實際情況。當然也不要輕信作品裏的話。以往的作者和讀者不能想像會有其他可能，大家都生活在單純、單元的世界裏。結果是，誰掌握了語言誰就掌握了權力。如今呢，誰也不應再迷信誰了。甲說完這話，見大家迷頭迷腦，他就會把它推翻：不是真的。這種真真假假，可以令你時刻警醒，免受支配。這可把讀者弄糊塗了吧，不，腦袋是越用越好的，你就當我是其中一個某甲好了。多讀書，多讀不同的書，就可以明辨是非。

我看到米羅、克利的畫，就想到一些短短的句子；看到浦洛克的畫，就想到長長的句子。文學藝術是一種「通感」。其實我們誰都有這種聯想的能力的，從孩童時代就有。我正在為一份刊物寫音樂專欄，用抒情的寫法，從音樂開始，平行聯想，嘗試扯到文學、繪畫、建築各方面去。

我一直希望過一種自己愜意的生活。一個現代人，如果不受經濟所苦，或者受其他事物的牽累，他當然可以過一種他想過的生活，那沒有甚麼了不起。不過，我的生活，並不必屈從於創作。對我來說，生活與創作不是截然對立的。一種充實、愉快的生活本來就是創作，拿起筆寫作，只是其中一部分的表現。吳爾芙說過，一個女子如果要寫作，她需要一個書房，要這要那。女子寫作，當年的確比男子困難得多，不過我想，到這個那個都有了，可能就甚麼都不寫了，就是寫，也恐怕不是一樣的東西吧。我不想誇大寫作，也不想為寫作找藉口。

我一直喜愛台灣作家的作品，喜歡七等生、王禎和、王文興、陳映真、黃春明等人的小說，我是從小說家那裏學習寫作的。我也喜歡瘂弦的詩，印象很深刻，寫小說時自自然然就用上了。我寫〈感冒〉時，就用了瘂弦的詩句。

多年前到台灣旅遊，曾追隨台灣作家的作品裏的足跡。比方到通宵，是因為七等生，真的看見了黑沙海岸和碉堡。遇上一位小學生，問他：你們可有一位老師姓劉？看七等生寫自己騎腳踏車南下，我也因此去了小琉球。到宜蘭去，是因為黃春明，想看看是否有《兒子的大玩偶》那種三明治人。經過頭城，買了個國中的書包，歡喜得很，因為掉頭讀來，就是「中國城頭」，回來送了給一個寫詩的朋友。到花蓮，是因為王禎和和楊牧。可買不到花蓮國中的書包了。參加過阿美族人的豐年祭，是因為楊牧寫過一位獵手；一位阿美酋長説帶我們遊秀姑巒溪，可惜當晚他喝醉了。到鶯歌去，是因為陳映真。王文興説《聊齋》好看，甚至比《紅樓夢》好，我高興極了，我最喜愛狐仙的故事。這些，我都在香港報上「閱讀筆記」的專欄寫過。我是喜歡作家的作品，然後才對地方發生興趣，至於風景，反而不那麼重要了。

說起來，還記得曾經到過周夢蝶的小書攤流連，遇見一個高大樸實的漢子，他先請我們喝茶，後來上他家坐，送吾一幅水墨荷花，他是管管。至於瘂弦，一直是通信的朋友，來台灣時，他請我喝永和豆漿，又送我一個葫蘆。我的小說能夠在台灣發表，得感謝瘂弦這老朋友的看重，他老早就想過替我出書。在永和時，一個一個招牌留神看，果然找到了「風馬牛肉麵」，店鋪門口拴着商禽咳嗽的馬。商禽親自下廚，又朗誦自己的詩給我們聽。

我並不以為自己是甚麼受矚目之類。香港的好處是你寫甚麼都不「矚目」，矚目，終究是少數人的目光。當我說無論寫甚麼都沒有人理你，別誤會我在抱怨，相反，我的意思是：好極了。「理」在粵語中的意思並不是注意，更多的是干涉。沒人干涉，自由自在地寫作，不是挺好麼？

通俗是沒有問題的，庸俗就糟了。文學的起源大抵都出自民間，經過文人沾手，由俗而雅。雅化的過程是一種提高，可是另一面，又逐漸離開民間，到最後更喪失了活潑的生命力。所謂通俗，我的理解是雅化之後，重新接通民間。這是一種俗雅親和的做法。我從來就不敢看輕成功的通俗作品，而且，俗和雅也不是一成不變的吧。古代的俗，可以成為如今的雅，古的雅也可以變成俗。

現代人的生活只怕是不甘寂寞，寂寞，可以是難能可貴的。可口可樂才斤斤計較銷路，改來改去要適應大眾口味。我的讀者不多，可已經很不錯的了。完成了任何一篇東西，都應該有一種成就感，雖然，並不等於成就。成就，不是自己可以評定的。

現代作家應該甚麼都看，盡量吸收，多方面開拓自己的興趣。我讀過的書其實極少。外文只懂英文、一點法文、一點日文，以往因為喜歡拉丁美洲小說作興學過西班牙文，但很快就放棄了，尤其當我知道有許多譯自原文，而不是二手三手的轉譯。我會看翻譯。即使英文，如果有好的翻譯，我也願意看中文譯本。懂得外文，對寫作的幫助是令你對外間的東西不必太依賴人。多開一扇窗，知道天外有天，令你匯入世界文學的資訊、感性。不過，如果一位作家本身就有這種開放的態度，敏感、深思，我想不懂也沒關係，目前也有不少好的譯本。善信是這樣看佛經、看聖經的。好的譯文，本身其實也是一種衝擊。此外，懂外文，而仍然保守、固執的人也不少見。

紐曼行

一

打開美國地圖，俄克拉荷馬城在甚麼地方？一個城，是在俄克拉荷馬州（State of Oklahoma）吧，這個州，有美國最大的印第安原住民人口，十九世紀時，東南部的印第安人被迫經由「血淚之路」（Trail of Tears）遷徙到這裏。上世紀七十年代，朋友給我一本叫 *Bury My Heart at Wounded Knee* 的書，我翻過一下，那不是虛構的小說，寫的是白人如何侵吞印第安原住民的土地，難得的是作者是一位白人。我總以為人類強調種族、強調膚色、強調宗教，以至強調性別，如果成為排斥不同的人，對人類其實並沒有好處，人類這方面走的，就是一條歪歪曲曲的血和淚之路。

我打開地圖，俄州在美國中部，偏南一點。看看它的四周，是哪些州份，頭頂是堪薩斯州，腳下是德克薩斯州，東面從上而下，是一點點密蘇里、阿肯色兩州；

西部則是連接一點點的科羅拉多，以及更少一點點的新墨西哥州。

乘搭飛機從三藩市入境轉機，經過的州份和上述的幾個沒有多大關係，從西向東，經過的是加利福尼亞、內華達、猶他、科羅拉多，又或者阿利桑那、新墨西哥。在飛機上，雖然乘搭的是飛俄城的小機，坐在窗邊的座位，又飛在雲霧之下，俯看，只見一片寬闊的平原，山並不多，樹林也不多，也少見車輛，房屋不高，也不見甚麼河和湖，偶然有閃光的水面，然後是沙礫的世界。

這次赴美，基本上是兩個人去，稍後很幸運，朋友介紹的一位醫生願意陪同，而且是寫詩的，真好，成為了三人行。結果又意外地有兩位年青人興高采烈地要參加，但他們的行程和我們有別，只坐一程長途機，到達美國後改為自己租車駕駛前往俄城，與我們會合。真是壯舉啊，年青人的冒險精神，令我們佩服。

自己駕車橫過半個美國，那是我做夢也不敢想的事，這兩個大孩子，阿天和阿橋，跟我一樣，其實也從沒到過美國。在地上行車，與在飛機上俯看，是多麼不同，前者立體，屋宇，樹木，從左右活過來，再急劇退去，成為記憶；後者，不過是撥開雲霧，飛過一張沒有聲色氣味的平面圖。

二

為甚麼到美國去？一位記者曾問我這個問題。我大概這樣回答：

得獎之前，我並不知道有這麼一個紐曼華語文學獎。提名我的何麗明，我還是公佈得獎的兩天前，由我的譯者費正華（Jennifer Feeley）介紹認識，她也沒提起，或者我沒有留心。兩天之後，晚上她和何福仁通話，說我得獎了；要是不出席，就讓給別人。我可不知道別人是誰。我從未出席文學獎活動……我不是崖岸自高，而是右手失靈之後，諸多不便，兼且老病。近十年，我已不能坐長途飛機，覺得很辛苦。一次在土耳其回程時暈倒，大概是血糖低了。前一年去成都，其實很勇敢，上機前忽然也感覺不舒服。此後我就照醫生指示，經常量血壓、測血糖，小心飲食。我其實很喜歡旅行，每次總請教醫生，其中一位我看了三十年。他每次都說，去吧，為甚麼不可以去。

何福仁認為考慮健康，要飛行十多小時，並不適宜。這兩何好像討價還價。小何個子跟我差不多，看來工作很多，甚麼都行色匆匆，卻很熱情，有巨人似的意志。說我這是代表香港。這個大何不同意，我也不同意，作家只能代表他自己。不過倒可以為香港說幾句，讓外人多知道一點香港的寫作。何麗明提出大學會提供頭等機位，後來我們知道，United Airlines 並沒有頭等，只有商務，也就一樣了。何福仁還提出醫療問題，她說下機時盡量安排；好像又提出需要輪椅，因為我走路多了就累，她也同意向大學反映。何福仁向我轉述，讓我決定，必須馬上決定。

人的決定是很奇怪的，我忽然就同意了。我去過一些地方，在加拿大住過小段日子，可沒到過美國，我對三藩市、洛杉磯沒甚麼興趣，反而對其他小城有想像。對不起，Oklahoma 其實也不是小城，這可是百多年前印第安人其中一個的安置區。我想到要是不去，費正華、何麗明一定很失望。也許更多的是無意識作祟，上世紀七十年代我一直根據俄大的 Neustadt Prize 看書，認識加西亞·馬爾克斯、Czesław Miłosz 等人，由此訂過許多外國的書。我想這可能也影響我的決定。還有

後來的雜誌 *World Literature Today*。人的決定，總有些連自己也會覺得意外。

無論如何，這決定很匆促，如果讓我多想一兩天，可能就不去了。當時我的精神狀態其實並不好。決定之後，我做了各種健康檢查，包括心臟掃描，都沒有問題。我問過兩位醫生，可以到美國去嗎，答案是一樣的，為甚麼不可以。

後來何福仁想到倘在飛機上有事，怎麼好呢，傳話可有醫生願意同去，居然得到區醫生相助。俄大知道我同意出席，也接着邀請何福仁參加研討會，並帶去他編導的紀錄片《候鳥》作美國首映。

連天氣也幫助我了。我怕冷，今年香港很和暖，俄城之前還下雪，到埗時正常了。我在俄城，大抵因為時差，吃藥失時，加上舟車勞頓，偶然會感覺不適，就像出發成都時那樣。但不是大問題。有醫生同行，也心安得多。

我想從容寫一篇遊記。

要補充的是，我剛完成了一個長篇，磨磨蹭蹭好幾年，其間還有黃斑眼疾，這時候應該都放下了。出發前區醫生和我們茶聚，彼此認識。後來，何告訴我，區醫生當時看我的狀況，私下裏對他說，其實不適宜遠行。於是，何先生又和俄大斟酌，提出例如除了必要的活動，其他盡量不參加，等等；都答應了。

三

轉乘赴俄克拉荷馬城的是小飛機，也是意外，以為會坐大飛機，就像香港飛三藩市那樣的巨無霸，原來是小傢伙。到了登機口，連閘口也不見，飛機在哪裏呀，好像找錯了地方，明明該上機了，也沒人排隊，許多人悠閒地坐着，飛機呢？忽然聽見廣播在找人，啊，找的竟是我們呢，其他的乘客都已上機了。連忙找尋，才發現門板後一個隱秘的入口就是登機的通道，進入隧道走到盡頭，啊，不見飛機，飛機在前面機場的地面，小小的一架，由隧道到飛機是橫七豎八的棧道，天空正下着雨哪。冒雨前行，大家提着行李奔跑，我們走在最後。

我們一眾是四個人，最前面是區醫生、何麗明博士，他倆先到，卻進入了另一條樓道，跑到另一架小飛機前去了，正折道回來，何福仁和我在交叉路口轉彎，卻走對了路領先，我在樓道末端遇上一位肥胖的女機組職員，遞給我一把大傘，我接過了小跑，終於跑到了上機。

小飛機上已坐滿了人，一眼看去，有十多排滿，只剩下機前四個空位。不分座次等級，一律平等。人齊全了，空姐和機外的人員合力碰的一聲巨響，把機門拉上，其實就是登機的短樓梯，一次關不夠緊，打開又試兩次，終於關上鎖上。我坐第一行窗口位，但外面下雨，窗玻璃一片水珠，也看不清任何景物，只感覺飛機的滑行，忽然就上了天空。飛機裏常常霧氣瀰漫，有的還有滴水，不知道現在還坐這類飛機，不知道俄城是個甚麼所在。更小的飛機我當然坐過，記得三四十年前一次坐的是內陸小型螺旋槳飛機，上機後，槳葉硬是不動，要機師下機用手撥動。何福仁還在機艙門口大叫，要不要幫手。那時天不怕地不怕，只覺得好笑。他解釋，只怕飛機開跑後，機師還留在跑道上。當然，他補充，這個也可以幫手。

從三藩市到俄城需三小時機程，比較早一陣那程機，真是小菜一碟，因為是午機，所以包一頓午餐，提供的是凍冰冰的蔬菜和一二雞肉，沙律而已，好像乘客都是小白兔。鄰座的一位女士，帶了一大疊報紙，上機就大模大樣看報，如今捧着一個大膠盒，吃着自備的美味。小飛機上沒有熟食，我們也有乾糧，沒有問題，窗外的風景美麗，飛機飛到白雪上面，陽光燦爛，白雲過去，空隙之間，可以看見地面，一片泥黃和翠綠，水光閃爍，房舍矮矮，十分好看。以為到了俄城又得在停機坪走路，哪知這次飛機就停在建築物的門口，走出機門就進入大廈。

四

我眼中的城市有三種：一、樹木比樓房高；二、樓房比樹木高；三、沒有樹木，只有樓房。

香港屬於可怕的第二類。俄克拉荷馬屬於第一類。從機場乘車往住宿的地方，到達時已是傍晚時分，天色帶點蒼茫，但仍可以看見市容。這是一座空闊的城市，無論朝哪個方向，極目處一片空寞，無邊無際，因為建築物均低矮，視線不受阻隔。遠近只見樹，光秃秃的樹，但見樹枝，不見樹葉，還沒有新芽，這是三月，春天好像還沒降臨，偶然間一團圓物夾在半空，那是鳥巢，風景彷彿布魯哲爾的風景畫，可不就是《冬景》？不同的是沒有雪，沒有遲歸的獵人。有的是疏落的行人，和馬路上疏落的車流，偶然出現一輛奇怪的長車，彷彿拖着兩節車廂，擱在十多個大車胎上游泳，車上滿載許多圓筒，也有雙門冰箱那般大體積的東西，悠悠然過去了。路邊的房子都是二三層的小洋房，真是一座星垂平野闊的城市。

我們停在幾座房子的中間，才見到房子的模樣，活像西部片常見的牛仔沙龍，都是二層樓高，遠看像由木板搭建，灰白色，屋外由帶欄杆的涼廊包圍，房子四周全是空地，長着樹，擺了盆栽，其中一間就是我們會住宿的房子，泥地上插着木板招牌 Montford Inn，一座小旅館，昏黃的燈色從窗內透出，啊，有趣的房子，抬頭看見屋頂煙囱，室內肯定有壁爐了。Jonathan Stalling 教授早在門外等候。

看看那房子就喜歡了，兩層高，樓上樓下都有很多大窗，門開在正中，涼廊兩邊走，沒有鐵閘、鋼窗框等等金屬怪物，治安必定好。正門只是普通的木板，板心竟然鑲了一塊橢圓形帶幾何圖形的夾心玻璃，很標準的門樣，因為門頂上端嵌有經典的扇形窗，正是十八世紀建築的傳統。

好一座漂亮的房子，我彷彿走進夢中的仙境，因為我喜歡的室內裝飾，這裏都齊全了。進門是玄關，也就是門廳，由於不是住宅，是客棧，所以門廳改為接待處，我們一行四人先登記，才步入大廳，它們就在門廳的背後，一板之隔。客廳是寬敞的長方形，主角是一張三座位扶手沙發，套着民族色彩、幾何圖案的麻布椅套，椅枕三個，同一布料。沙發右邊站一盞坐地燈，左邊站一個方形茶几，上面擺了一盞枱燈。沙發前面則是一張有四隻腳的茶几，上面循例放一疊雜誌和一小瓶插花。茶几兩邊，各擺一張舒適的單人有腳大沙發，椅套是淺啡色厚傢俬布。這一個組合是最標準的擺設，但令人感到特別的設計卻是主牆上掛了一件紅色木雕，我猜那是一座拆卸了的木屋大門頂上的三角楣飾，廢物利用。原來費正華 Jennifer 早一步先到了，她好像是從密西根飛來。別來無恙，真是青春無敵，我可是逐年老去。

她們問我疲累麼，不累不累，我說。

五

大廳正中，鋪了一幅約四乘六米的地毯。幾何形圖案，非常精緻，帶波斯的韻味。大廳四通八達，最吸引我的是室內有幾個貼牆的玻璃櫥，不太高，大概二米高吧，也就是我最喜歡的高度，一來伸手可以取得櫥內的東西，二來櫥頂可以放各種雜物，花瓶陶器瓷玩具啦，我看見的那些漂亮的櫥有的四面玻璃，有的是三面，頂上隨意放着玻璃小箱，伴着模型屋花瓶等，我的家中，幾個木櫥頂放的是娃娃屋、西班牙酒瓶和陶燈罩。

客棧的玻璃櫥內有甚麼東西？原來是一櫥滿滿的印第安民的手工藝，全部是布縫的娃娃和相貌奇異的神靈。另一櫥內放的則是先民用的陶器，圖案和我們半坡的居然非常相似。此外又有藤編的籃簍、草織小草帽，體積很小，似是玩具。我看得不想離開，Stalling 教授因此說，可以安排我們去參觀小小的手工藝博物館，我真是太高興了。後來，我們的確去了 Fred Jones Jr. Museum of Art 參觀。

和客廳相鄰的房間是書房，兩個房間打通，只用一個門框把兩邊分開，這是西方建築處理空間的方法，如果在中國，房間的間隔會用一個飛罩，從屋頂垂下雕花的小罩，似隔卻連。客棧屋頂上不是有煙囱麼？那麼壁爐在哪裏？壁爐不僅在客廳，在書房，睡房裏也有；當然，廚房也應該有。書房內有書架、桌子、單人大沙發、電視。可惜沒有可以打開的斜面書桌。有的卻是安妮天朝式的沙發，就是椅背向內彎曲，把人包裹起來，可以擋風。書房外面是涼廊，一邊牆有大的玻璃窗，鬆乳白色，九宮格框式，也有六格框式、落地式，看清楚，像中國故宮所見的支摘窗，即可以上下升降，把一個窗框取下的設計，讓空氣大量流通。書房有兩個入口，一是由客廳入，另一個入口是餐廳。餐廳就像一般小家庭用膳的地方，沒有酒店式的甚麼自助餐規模，一進去不會看見到處的桌子，上面擺滿鍋爐杯碟，人來人往。房間裏正中是一張十人用的長餐桌，圍着桌子共十把靠背椅，並不設主人扶手椅，大家平等。可見小旅館並不招待一大群人，十位旅客已經很足夠。

沿着牆壁那邊的落地窗前，擺着幾套雙人座位的組合，讓單身或二人的旅客可以選擇安靜的角落早餐。我們入住時，就有一名過客，清早坐在一角，一面早餐，一面打開iPad。正中的餐桌和餐椅恰恰全站在一幅海軍藍幽雅的花地毯上，環境這樣寧靜，除了牆上的風景畫和貼牆靠的矮櫃，上面放滿了陶杯和水壺、茶葉盒等等外，還會缺少甚麼重要的家具？一對照明的燈盞，這漂亮的家具正在我們頭頂的天花板上，它是支形吊燈，像一棵繁花的樹，伸展了它華麗的枝椏，向東南西北四個方向盤起長長的白色的動管，在十八世紀，那些應該是珍罕的蠟燭，如今已是電力的光芒了，這可能不夠浪漫，卻少了煙塵的污染。

餐桌不鋪枱布，這更環保，每一個座位都擺放了place mat（餐墊），上面放一個啞綠色的餐巾。食物會在用餐者坐下了才送來，當然，先伺候各人的飲料口料，咖啡，牛奶，礦泉水，各適其適。高腳水杯、酒杯、mug分別出場，飲料才色彩繽紛呢，士多啤梨的乳酪酸，濃濃的咖啡，都是廚師親自送上，然後就是餐食了，真正的食物都盛在白白圓圓起暗花的瓷器碟上，一次端一盤，你拿開前面的餐巾，真正的餐盤才降落在鋅盤上，鋅盤只是盤墊而已。餐具隨後馬上送上，包在一條麻織物的小餐巾中，刀叉，湯匙，非常清潔溫暖。原來廚師一個人只在早餐及晚餐來。

用餐吧，圓碟中有切肉和一片香橙加一朵菜花一碗水果，有士多啤梨、香蕉、葡萄和玉米，桌上還有你自選的麵包呢，比一般英式的 B & B 的 ham & egg 如何？何答：豐富得多。

家庭式的小旅館晚上就不見管理人，也許走了，大門上鎖，只能外出，不能進來，於是想到兩位坐車來的年輕人，豈不是要在外面露宿？何福仁於是在客廳守待。幸好他們好快就到了。

六

這小旅館我還沒有說完，它兩層樓，樓下有客廳、書房、餐廳、廚房、睡房或者還有餐具室、洗衣房等，樓上就都是臥室了。客廳有道一折樓梯上二樓，沿着梯級牆上掛了八幅上行的畫，梯級看來跨幅大，有點斜，我就避免攀登了，和其他二位都選住宿樓下的房間，樓上則由另外三位朋友入住。在樓梯鋪上地毯，是很隆重的室內設計，鋪設絕不簡單，因為每一梯級下垂轉彎處都必須加鐵條扣緊，而鐵條又必須在兩端套入鐵扣螺絲固定入樓梯兩邊的木板內。至於一般的地面地毯，當然不是把毯平放在地上就行，在毯底下必須先鋪一幅比毯稍微小一點的墊毯才行，以免地毯滑動令人走動時跌倒。這麼專業的工作，可見旅館的裝飾多麼精細。

地毯鋪了底墊我怎麼知道？因為我悄悄把它們翻轉來看過。我是個地毯迷，一見到優質地毯就會窮追不捨，而辨認毛毯的手工優劣就是翻過來看，數扣結的數目和切割的長短。小旅館的重要公共空間都鋪了地毯，其身價是大酒店那些 wall to wall 的家具不能相比的，單是書房的一幅，正中的圖案居然是一條正面肖像中國飛龍。那可不是普通的商品，屬於甚麼年代，如何會出現在這裏，可能有一段奇異的歷史。

為甚麼我會這麼喜歡 Montford Inn？

它就像我在英國看到的喬治亞房子，喚起我童年的記憶。住在上海的時候，我住的是一座奇異的屋子，只有一層樓高，兩面坡人字形黑瓦頂，有一個煙囱，所以室內有壁爐。屋子兩邊是窗，玻璃窗外還有綠色百葉窗，牆壁鋪樹白色卵石，路人經過，多手的話就挖掉一顆。房子是西洋式，所以大門有九宮格窗框，門頂有扇形窗，室內有骷髏骨的銅管噴水浴室，共有兩格廁間抽水馬桶，兩座小便池，兩個洗臉盆。這些，是的，我說了又說。我喜歡娃娃屋，大概就是從小對房子和家具、室內的熱愛。小旅館對我來說，豈止是可以入住的美麗的客棧，它根本是一座小小的室內設計博物館。

美國古典的室內設計佈置和英式很相近，畢竟原先有不少是英國的移民，從Montford Inn看，和十九世紀的英式擺設很相似，但仔細觀察，會發現並不相同，最大的差異，應該要數紡織物的出現。在英國，自從工業革命開始，火車帶動了交通，工廠替代家庭手工業，紡織廠如雨後春筍，婦女，甚至兒童都被廠房吞納，大量紡織品生產出來，花款，顏色，布料，多不勝數，每個家庭都用上棉、麻織布，鋪床，鋪桌子，縫沙發椅套，所有的窗子都掛上了兩邊伸張的巨幅窗簾。早前，窗子大大的，並無布簾，多麼漂亮的十八世紀阿當式、希臘式的家具，光禿禿放在室內，為了避免陽光的照射，只能垂下一幅窄窄的上下拉動的羅馬簾。每逢假日出外度假一月半月，都得用布把精美的桌椅、樹櫃一一蓋得嚴嚴實實，以免遭紫外光損害。到了維多利亞王朝，可好了，工業革命帶來了舉世無雙的紡織品，個個窗戶都穿上了華衣美服，反而是家具，維多利亞時代的家具，哪裏有漂亮的作品，不過是一間間花花綠綠窗簾的展覽場而已。Montford Inn 有不少落地長窗，可以打開，直接從室內走到戶外。至於窗子都較大，陽光似乎不太猛烈，窗外又有樹蔭或涼廊，也就不必掛厚重的花巧布簾，顏色和圖案也就集中在沙發、椅枕和地毯上。

那麼，大的低矮窗子如何保護私隱呢？首先，建在近郊空闊的地方的房舍，遠離繁忙的交通要道，房屋附近並無川流不息的行人，反而是有些松鼠小動物來探訪。在這樣的住宅內當然出現另一種家居的設計。像 Montford Inn 那樣，四周的窗子既是支摘窗，共分上下兩層，那麼何不做一幅薄紗棉布的半截窗簾呢？既可過濾不太強的陽光，又可阻隔外界的目光。再說，陽光透過窗紗，照入室內，變得柔軟、溫和，感覺舒服極了，窗前正適合擺放幾盆多葉的植物，一片蔥綠，最好坐在一角看書。半幅紗窗簾不知是甚麼人的巧思，也許是比利時人，其他的歐洲人？

我在布魯塞爾經過民居小巷，只見家家戶戶都垂掛着乳白色通花線織手工蕾絲花邊簾，漂亮極了，蔥綠手工藝，正是比利時的強項。半截白薄紗質窗簾反而不在我的記憶中，是辛格人（Shaker）的發明吧，陽光斜照，微風拂動紗布，輕輕滉漾，靜爽心幽呀。

七

別以為我這就說完，還沒有哩，要是讓我叨叨嚕嚕說下去，我會很高興。

我覺得在小環境裏大家都知道要保護環境，大的酒店都會請旅客合作，早上起床後把一張卡片放在枕頭上，表示不用換床單枕袋，浴室中不必換洗的毛巾仍照舊掛好，用過的則扔在浴缸裏或放在地面。這反而成為招徠。大環境呢，各國代表坐在一起商討地球暖化、減少二氧化碳排放量，可誰都在推卸責任。

但小而又小的環境又怎樣呢，沒有指示，不必指示了吧，小旅館一連三天都不會替你更換床單、枕袋，浴室中也不提供牙刷牙膏，只提供肥皂、洗髮水、潤膚油。至於拖鞋，應旅客自備，睡房內有壁爐，當然不生明火了；室內有暖氣，很溫暖，透明大窗，掛上滿窗布簾，只有燈光能夠外洩。室內沒有衣櫃，房間內有幅凹形空間，拉上布簾，就可以掛很多衣物，浴袍、熨衣板、熨斗都在內了。

房間內有單座位大沙發椅、小茶几，一個高櫃分上下兩層，中層是抽屜。打開上格木門，竟有電視在內，下格則是影碟，一切齊全，最古色古香的除天花上垂掛大風扇，就是床鋪的高度，足足有一米高，不能坐下上床，而是要爬上去，這種床是中世紀四柱大床的遺風。我不禁想起一個童話故事：據說，從前有一位公主，睡不着覺，身嬌肉貴的她嚷叫有異物令她不舒服。由宮娥扶下床，搬開二十層墊褥，發現了一顆豌豆。原來要辨認誰是公主，可以由一顆豌豆驗證。我當然沒有發現被褥中藏有豌豆，我甚至覺得室內的窗簾只有半幅，直到回港看照相，才發現客廳中的窗扇框，不是乳白色，竟是淺淺的啡色，仔細觀看，才發現那是一幅羅馬式上下升降式薄布簾，因為這種款式的簾與一般舞台上的厚幕簾不一樣，不是非常沉重的絲絨質料製成，而是用軟薄、帶點透明的西麻色的布料；更加特別的是，它是相體裁衣型格，窗框多寬多長，它就多寬多長，剛剛好窗框和布簾同一尺寸，不是仔細看的話，根本不覺察，若不是外間天色的變幻，也看不出來。在照相機的清眼下，都顯現了，十分驚訝呢。

廳裏沿牆掛了好些影星的照片，有 Helen Hunt 等人，何福仁告訴我，那是電影《龍捲風》（*Twister*）的影星，拍攝時他們就住在這旅館。電影我沒有看過，不過我知道美國內陸經常翻起龍捲風。我們離開後，就看到附近龍捲風的新聞。

八

紐曼獎活動從七號到八號，不過兩天，主要有四個項目：一、研討會；二、紀錄片《候鳥——我城的一位作家》放映會；三、朗誦會；四、頒獎禮。上述一、二兩項我都可以不出席，三、四項則必須在場。參加研討會的有費正華、朱萍、何麗明、葉曼豐、何福仁等人；至於放映會，傍晚在校中一所電影院放映，有映後談，由編導何福仁解答。全片一百六十分鐘，何告訴我由電影系的葉曼豐主持，後來我知道葉教授是鄭樹森的舊識，喜歡梁朝偉，喜歡《一代宗師》。紐曼老先生也看了紀錄片，反應不錯。

朗誦會安排在三月八日早上在演講廳舉行，場內除觀眾座椅，只有一演講站台。因我體弱，會方特別擺了一張長方桌和一把椅子，讓我全程坐着，十分細心。

首先由提名者何麗明博士朗誦她英譯的〈長着鬍子的門神〉及〈某名校小一收生面試現場〉，她並且解説詩的背景。

其次，是英譯《不是文字》詩集的 Jennifer Feeley（費正華）和我合誦三首詩，第一首是〈蝴蝶輕〉，由我分別用粵語和普通話讀一次，再由她朗誦英譯。為甚麼要用不同的語言讀一次？因為這詩最後的四句，用粵語讀不押韻，用普通話讀，則押韻，費女士懂普通話，英譯時很苦心經營的押了韻，極為難得，根本是創造。香港是一個兩文三語的大都市，寫詩的人不少，我們面對聲韻，粵語又是否入詩，自然很注重，這方面會有很大的發展。

我朗誦的第二首詩是用英文讀。九時半之前，紐曼老先生已經到了，和我又握手，又拍膊頭，他年紀比我大八歲，一副老頑童模樣，整日笑開口，很健談，毫無老態，所有頒獎的活動，他全部參加，令人敬佩。

老先生問我，朗誦用中國話讀，都聽不懂，會不會讀首英文？我說會呀，我會讀一首英譯的詩〈蝴蝶和鱷魚〉給他聽。我讀的時候，他顯然很專注，聽完立刻有回應，說：我們的世界有問題了，因為世界上有許多蝴蝶消失了。有這樣的聽眾，能不感動？

我接着讀了兩首新作，用普通話讀〈郵政局〉，用粵語讀〈朋友的貓〉，費女士都讀了英譯。三月八日恰好是婦女節，朗誦會恰好是三名女性主持，費正華說，正是婦女節，就讀兩首有關的詩吧。她讀了〈女性主義字典抽樣〉和〈許多女子〉，正好讓我稍息一會兒。最後，我讀了我自己喜歡的一首詩〈詠歎調〉。循例有幾分鐘發問時間。有人問我喜歡哪些作家，太多了，我只答了當代拉丁美洲的幾位和卡爾維諾，詩人也多，只答了葉慈、奧登等；又有人發問：對香港詩作的前途可樂觀？我說樂觀，因為香港是一個很特別的城市，一切瞬息萬變，有寫不盡的題目，語言又特別。我在答謝辭裏也約略提出好些香港詩作者。

又有一問題，對年輕作者，如何可寫出好作品？我說，必須創新，盡量和他人所寫不一樣。用自己的聲音……

一個小時就過去了。

九

頒獎禮在三月八日晚上舉行，這是四項活動中最後，也是最重要的一項，頒發的方式和別的地方不同：其一，場地不是甚麼大禮堂，像音樂廳或者大劇場，分別舞台和觀眾席，台上台下壁壘分明，那麼，選擇的是甚麼地點呢，很簡單，不玩大龍鳳的遊戲，就在博物館內，就是我們三月七日早上去參觀過的 Fred Jones Jr. Museum of Art 裏的地庫。

頒獎禮在晚宴會上同時舉行，大家一面吃呀喝呀聊天呀，自由自在，然後才頒獎。所以一進會場，只見偌大的博物館正中的空間，擺了十多張十人圓桌，鋪上枱布，擺好杯盤刀叉，等待來賓入座。沒有舞台，沒有劇場的梯形座位，大家在安排好的餐桌坐下就行。獎在哪裏頒呢？就在餐桌之外的空間搭建好了。如何搭建？利用牆前的柱間，一左一右，豎起兩個易拉架。所謂易拉架，我們在旺角西洋菜街見多了，是一個個廣告招牌，可以像畫卷一般捲成一圈，如果打開來，從高處下垂約二米左右，插在底座上，整個易拉架就像我們在古畫中常見的插屏一樣，在這兩幅插屏中間，放了一個直立的講台，上面放了咪高峰，非常簡約、環保。兩個易拉架一藍一紅，分列講台兩側，彷彿舞台上的出入口，再漂亮也沒有了。右邊的一幅，白底藍圖，畫的是山嶺和一株迎客松，寫着英文字 US-China Issues 和漢字「中美關係」。另外有一紅色印章，內刻「中美」兩個篆體書法，這是機構的符號，也就是 The Institute for US-China Issues，其下五行小字，寫着該機構的宗旨。左面一幅則是白底棗紅圖，畫的是下垂的一叢竹葉，以及「華語文學」四個草書，旁邊加上一個圓形標誌章，正中一個「文」字，由兩截竹節圍住，並有紐曼華語文學獎的標記，英文則寫 Newman Prize for Chinese Literature。至於一塊棗紅底方格內的文字，則寫上這個獎的宗旨，等等。兩幅易拉架插屏像對聯，用後捲起來，每兩年可再用一次，絕不浪費。

頒獎禮定於晚上六時舉行，和晚宴合併，來賓齊集在四周牆上掛着美術作品的博物館地庫大堂喝雞尾酒，然後入座進晚餐，由專人送上餐食和酒水。這時，會場一邊有古箏演奏助興，接着是舞蹈表演，跳的是古典的中國舞，由兩位年青中國舞蹈員擔任，她們穿上漢代的繞襟深衣，即是長袍的邊緣從前身向背後繞一周的款式，可見經過考證。舞姿非常典雅流麗，看得出經過長時間排練，比許多宮闈劇演出的宮舞精彩。這些，我是從後來攝製的影片看到的。

大會開始時的雞尾酒會和音樂舞蹈我都不在場，特別讓我多休息，遲一些才參加，我在稍後悄悄入場用餐，彷彿我只是從洗手間回來那樣。接着就是一連幾位高層演講，致歡迎辭，他們是 Prof. Jonathan Stalling、Jill Irvine、Bo Kong 和勞夏．紐曼先生。紐曼華語文學獎每兩年頒一次，同時頒發英語 Jueju（絕句）得獎者，先頒給他們，得獎者共四位，第一位是中學英語教師，其他三位是中學生，作品都印在請柬上，由主持 Stalling 即場朗誦，所有的詩都是四行，分為三節或二節，和中國古典詩相似，讀來有板有眼。

Stalling 是漢學家，他的中文名字是石江山。我們在九號離開前的一晚，他還來到賓館，送我一本他的著作《吟歌麗詩》，並且加以解說。回港後，我寫了一封短信，報告我的想法。我大概說，他的詩，在語音上最具創意，懂得英語的華人社會最能欣賞，尤其是在香港，這是個兩文（中英文）三語（粵語、國語、英語）的城市，他的創作是很高難度的「怎麼寫」，舉《吟歌麗詩》其中一首〈感謝／Gratitude〉為例：

謝謝

thank you

sán ke yóu

三客游

Three Wanderers floating

「三客游」是 thank you 的普通話音譯。我們從香港應邀到美國俄克拉荷馬大學，恰巧也是三客，我和大小兩何。「三客游」，我試用粵語唸，勉強可當是「太幽奇」，這三客，游到奇趣幽妙之境去了：

謝謝
thank you
tái ki yóu
太幽奇
So amazing and profound

也算是小小的延義吧。

十

到了頒發紐曼文學獎，由何麗明教授先致辭，再由紐曼先生及他的大女兒一起頒獎，獎品其一是一張證書，並非寫在紙上，而是刻在木板上，有點像醫生的畢業證書，整塊獎板背後已做好洞孔，可以掛牆；其二是獎章，如同奧運的獎牌，本來可以垂掛在頸上，如今則鑲掛在木刻上，非常精緻，是一件漂亮的藝術品，也設計得仔細，可以掛牆。兩件獎品都相當重，我只有一隻靈活的手，大家都配合妥當，有我的兩位朋友出來協助接受。本來，接着應該是我致謝辭，由我說廣州話，再由 Dr. Jennifer Feeley 讀英譯，大會很體貼，不再讓我帶病致辭，直接由 Feeley 讀英文，最後由我出來說謝謝。我的確只能說謝謝。

我把謝辭錄下，題目是〈寫作，在香港這樣的地方〉：

感謝評審、主辦機構、各位工作人員。

我到過一些地方，但還是第一次來到美國，很高興。

我原籍廣東中山，那是孫中山先生誕生的地方。不過我在上海出生，我祖上兩輩已經移居上海。在上海，小學同學跟我開玩笑，叫我「餛飩麵」，餛飩麵是廣東的一種特色麵食。當年上海虹口區有一個廣東人的小圈子，在那裏大家都說廣州話，上廣東茶樓，吃廣東點心、廣東月餅，所以我曾經當廣東茶樓、蝦餃、燒賣、蓮蓉月餅，就是我的故鄉。

我的母語是廣州話，但在學校課堂裏說國語，和小朋友一起則說上海話。十二歲時隨父母來到香港，在中學唸的是中文部，後來才轉到英文部，有的老師是英國人，我開始學英文。英文，很抱歉，六十年不常用，大多已歸還老師，目前只能閱讀。

我的語言很混雜，生活習慣同樣也很混雜，但並不覺得突兀。香港就是這樣的一個城市，中西合璧。這裏大多數人都說廣州話，運用白話文書寫，多少夾雜着港式的廣東詞匯、英式的語法。所以我沒有鄉愁，我很快就成為地道的香港人。

我在內地經歷兩次戰亂，第一次還年幼，全無印象；第二次，深刻極了，我在《候鳥》裏寫過。我感謝父母把我帶來。以往有人稱香港為「文化沙漠」，這是錯的。在上世紀五六十年代，大陸和台灣仍然相當封閉，香港反而是「文化綠洲」。香港的流行文化，曾經領導東南亞，而當代的哲學大家牟宗三、唐君毅、勞思光等人，都在香港完成他們的體系學說。

我開始寫作的年代，可以同步看到法國新浪潮的電影，看到意大利、日本等大師的傑作。我可以讀到中國五四作家的小說、詩，那些作品，在內地和台灣大多成為禁忌。我當然還可以讀到歐美各國的詩作，我喜歡奧登寫中國戰爭時期的作品。我年輕時，就像當時的年輕人，彈着結他唱 Bob Dylan 的歌。雖然美國那麼遠遙。只要你不上街示威，港英政府讓你自由閱讀、自由書寫，雖然沒有民主。我珍惜這種自由，我想開放是很重要的，即使你不寫作。

只是當我要到外國去旅行，才遇到尷尬的問題。我不是英國公民，又不當作中國人，我拿的只是 CI。CI 是甚麼呢？是身份證明書，只證明我來自香港，我是香港的永久居民罷了。要到外地旅行，政府就權宜發出這麼一張文件。我就拿着這張文件，去過許多地方。原來我是個只有城籍、沒有國籍的人。

然後一九九七臨近，身份問題於是成為一大衝擊。這問題至今仍然衝擊着許多年輕人，這問題不要以為管治轉變了，就能輕易解決；必須用耐心、用同理心去應對。我曾經嘗試用各種小說的形式表達我的思考。我以為小說也許更能表現當下複雜的處境，也多些發表空間、多些讀者；有好些日子，我比較少寫詩了。

但我的文學生涯是從寫詩開始的，年輕時我在報刊上寫過不少生澀、幼稚、如今令自己面紅的詩。我第一份編輯的工作是當報上詩頁的編輯。在何麗明博士通知我獲得紐曼華語文學獎之前，我剛巧又重新寫詩了。這幾個月，我竟然這方面寫了不少，覺得自己又回到詩的繆思去了。寫得仍然生澀，不過我不再面紅，因為再沒有辦法了。

香港經驗，對寫作是豐富的源泉，香港作家，因為文化語境獨特，視野、思維，以及表述方式，都和其他華語的地方不同，對華文世界肯定是一種增益。香港的小說，一直有出色的表現；詩呢，你會驚異，這個金錢掛帥的小地方，原來有許多人寫詩，而且都寫得不錯，年輕人裏，我略舉幾個吧，廖偉棠、鍾國強、洛楓、劉偉成，都寫出自己的風格，其實還有許多。當然還有長一輩的，像淮遠、飲江、關夢南、俞風、何福仁。說來有趣，好心地和我一起到來，就坐在這裏的區結成醫生，也有詩作。

佛洛斯特說：詩是在翻譯裏失去的東西。從另一面看，要是遇上好的翻譯，詩為甚麼不可以在翻譯裏獲得新的生命？事實上，我們再多懂十種語文還是不夠的，我們要借助翻譯，讀博爾赫斯，讀里爾克，讀托爾斯泰，或者信徒讀聖經、讀佛經。不同的語文，並不能阻礙我們的交流。你多開一扇窗子，有時是一片迷霧，有時卻看到美麗的風景，借助另一雙美麗的眼睛。中國的著名作家，像莫言、韓少功、王安憶，這個獎之前的幾位得主，都深受翻譯的啟發。

而我幸運地遇上了好的翻譯。我感謝費正華博士譯我的詩，那些翻譯本身就是非常好的創作。這個獎由美中關係研究院設立，在這個時候，特別有意思。

不知大家是否同意，文學的交流最珍貴，也最深遠恆久。我寫了一首詩，叫〈向傳譯者致敬〉，聊表我的心意：

在書店中遇上一位年青朋友
朝我走來，問我買書時選擇原著
還是譯本？譯本，他強調

充滿謬誤、錯解、增刪
他堅持讀外語作品
必須親炙原文
以免受騙
對呵，但願我也擁有巴別塔
每一個房間的鎖匙
看不同的佈置
賞玩每一樣藏品
聆聽每一種獨特的聲音
那是血和汗結的果
可是我已經不再年輕了
朋友，要不是有人引導
用我懂得的言語

又有甚麼法子
認識彼此？
有些甚麼，如果在轉譯時失去了
可有些，卻是增益哩
費神盡力，為了達成同一目標
換一副面目出現
也是挑戰
詩的旅程從沒有完成
要被閱讀，並且接受誤讀
要重新探險
去到遙遠的地方
越遠越好
即使全能的上帝

也要借助天使
我認識的天使，向我走來
他們不是能鳴的鑼，會響的鈸
他們各有個性
他們有愛

——二〇一九年四月

欠花蓮作家的兩封信

王禎和在生的時候，和我通過不少信，他最後寫給我的信，我接信後，有點躊躇，就像我們過去的通信，說的都是創作的問題，台灣的，以及外國的小說，是說意見，是討論。不過這次他用的竟然是英文，談到印度開國總理尼赫魯（Nehru），認為他的英文非常好，問我香港有否他的書。我離開學校以後，從未用過英文寫過甚麼，英文也不行，學過的都還給了洋老師。我想，我還是用中文回覆吧。那還是書信的年代，大家通話的方法，是寫信；長途電話，太貴了。當年我的確勤於寫信。不過港台的空郵，至少要一個星期才寄達。彼此接到的，可是一星期前的消息。才過兩天，我又收到他的英文信，本來想回覆了，第二天卻在報上讀到他離世的噩耗。那是一九九〇年的夏天。

王禎和是花蓮人，我跟他從未見過面，只隱約通過其他人知道他患病，需朋友鄭樹森替他在港寄藥。他從未向我透露自己生病，大概因為看到我患病的文字吧。我欠他一封信。

另一位花蓮肯定會引以為榮的人是楊牧。我以往到過台灣好幾次，但認識台灣，還是通過文學作品、電影。真正認識花蓮，是通過楊牧多年來努力經營的詩、散文，讓我有了感性的認知。再然後帶領我知道，這個地方人文薈萃，作家詩人不少，例如陳雨航、陳黎、陳克華，等等。大約是一九九一年（朋友提醒我），楊牧來港參加香港科技大學的創校，我們見面較多了，他和我都不是喜歡應酬的人，生活都近乎隱居，他在港的朋友，主要就是素葉同人。他是一個坦誠、率直的人，在這個功利、世故的年代，其實非常難能可貴。文學家，好的文學家，豈能無所堅持呢。我想到，我原來也欠他一封信。說來尷尬。他回台後，曾寫給我一封信，信寄到沙田的郵政信箱去，輾轉交到我手上時，已過去了大半年。收信的朋友，可能當某位台灣讀者無聊的來信——當年的確有些這樣的信。但怎麼解釋好呢？幸好他看來完全不介意。因為他後來看了《飛氈》的序文，立即給我寫了一信，討論「氈」

的問題。一個很小的問題，卻可見這位大作家、大詩人，同時也是出色的學者。信就刊在《素葉文學》上，他並且為這書的摺頁寫了數百字介紹。

我這幾天一直在尋找那封遲到的信，大概收藏在某本書內，哪一本書呢？或者書已送其他人去了？信的內容我倒記得，很簡單，他問我一個問題：Walter Scott 的 *Ivanhoe: A Romance*，香港的譯名是甚麼？這書直譯就是《艾凡赫》，好像林琴南曾以古文譯寫為《撒克遜劫後英雄略》。好萊塢曾改編電影，用的是得令的大明星，很賣座，香港就譯做《劫後英雄傳》。楊牧大概隱約知道，但不確定吧，給我寫信，也是返台後打招呼的意思。

自從右手不靈，電腦通用，我已絕少寫信了，通信都由何福仁代轉。前幾年，收到《甲溫與綠騎俠傳奇》，楊牧編譯英國中世紀的傳奇長詩，有二千多行，明顯花了很大的心力，他對英國騎士的傳奇，原來一直保持濃厚的興趣，我於是又想起 *Ivanhoe*，他應該已經知道香港的一種譯法，事情已不重要，我只是感覺，在我可以寫信的日子，也欠他一封回信罷了。

——二〇二〇年四月

方所書店

鍾書閣

西西在西西弗書店

散花書院

Montford Inn 的大廳

西西與波斯詩人、天文學家 Omar Khayy’am 的雕像合影

西西在朗誦會上讀詩

紐曼先生與女兒一同頒獎予西西

2019 Newman Festival

March 7-8

NEWMAN PRIZE FOR CHINESE LITERATURE
紐曼華語文學獎

SCHEDULE OF EVENTS

THURSDAY, MARCH 7

3-4:30 p.m.
NEWMAN PRIZE SYMPOSIUM
JJ Rhyne Room, Zarrow Hall
Roundtable Discussion on Xi Xi's poetry, translation, contemporary Hong Kong and Chinese Poetry, Literature and Film

with
Ho Fuk Yan
Writer, poet, scholar

Jennifer Feeley
Translator

Tammy Ho
Poet, translator, editor, juror

Man-Fung Yip
OU Associate Professor of Film and Media Studies

Ping Zhu
OU Associate Professor of Chinese Literature, Editor of Chinese Literature Today

Jonathan Stalling
OU Professor of English, Curator, Chinese Literature Translation Archive

6:30pm-9:30pm
DEBUT SCREENING OF *BIRDS OF PASSAGE* 候鳥
A documentary based on Xi Xi
Gaylord Hall, Room 2020

Film screening will be followed with Q&A with its director Mr. Ho Fuk Yan 何福仁 and post-production director Steven Pang [illegible]

FRIDAY, MARCH 8

9:30-10:30 a.m.
POETRY READING AND DISCUSSION
JJ Rhyne Room, Zarrow Hall

Xi Xi, 2019 Newman Laureate
Tammy Ho, Poet, translator, Editor, Juror
Jennifer Feeley, Translator

2019 Newman Laureate Xi Xi 西西

Xi Xi 西西 (born 1937) is the winner of the sixth Newman Prize for Chinese Literature. She is the third female Newman laureate, and the first from Hong Kong. Xi Xi, penname of Cheung Yin 張彥, a prolific writer across a number of genres. Her publications include novels, short stories, film reviews, poems and photograph collections. Xi Xi's inquisitive, imaginative style envelopes her readers in what some critics have come to call "fairy-tale realism" while also questioning long-held social conventions. Her novel *My City* (1979) and short story *A Woman Like Me* (1983) established her as a much beloved prose writer while her poetry has won many devoted fans across generations of Hong Kong readers and Chinese readers more widely. Her acclaimed recent collection, *Not Written Words: Selected Poetry* 不是文字：西西詩選 was translated from the Chinese by Jennifer Feeley and was published by Zephyr Press and MCCM Creations in 2016.

DAVID L. BOREN COLLEGE OF INTERNATIONAL STUDIES
INSTITUTE FOR US-CHINA ISSUES
The UNIVERSITY of OKLAHOMA

The Newman Prize for Chinese Literature honors Harold J. and Ruth Newman, whose generous endowment of a chair at the University of Oklahoma launched the OU Institute for US-China Issues. These events are free and open to the public. For more information or accommodation on the basis of disability, contact Stephanie Sager, IAS Program Assistant & Event Coordinator, at stephaniesager@ou.edu.

二〇一九年紐曼華語文學獎的日程表

後記

何福仁

西西大半生從事專欄寫作，這是過去一般香港作家的做法，上世紀的香港報刊，往往有兩大版副刊，既刊登小說，或連載，或每日完；又有散文／雜文，應有盡有，作者無所不談。從六十至九十年代，盛極一時，那是實體報刊的黃金時代。西西在各種報刊、雜誌寫過許許多多的專欄，有的指定內容，例如談畫、談電影、談音樂、談讀書，更有的，是自由發揮的散文創作，例如「我之試寫室」，然後再結集出書。

她第一個專欄，是一九六〇年初在《天天日報》的童話，且有嚴以敬的配圖，可惜今已不存。最後一個專欄，則是二〇一八年在《明周文化》的「造房子」，也寫了好一會。為了讓她可以較專心寫作長篇，我寫「手寫板」，跟她隔期發刊，有時則是對談。發刊時，「手寫板」用的是我的名字，奇怪如今在該刊的 Archive 裏可都變成西西的了。讀者幸勿誤會才好。過去結集出版的散文集，合共十二本：

《交河》，香港文學研究社，一九八二年；為散文及小説合集，久已絕版。
《花木欄》，洪範書店，一九九〇年。
《剪貼冊》，洪範書店，一九九一年。
《耳目書》，洪範書店，一九九一年。
《畫/話本》，洪範書店，一九九五年。
《旋轉木馬》，洪範書店，二〇〇一年。
《拼圖遊戲》，洪範書店，二〇〇一年。
《看房子》，洪範書店，二〇〇八年；內地廣西師範大學，二〇一〇年。
《羊吃草》，香港中華書局，二〇一二年；北京中華書局，二〇一四年。
《試寫室》，洪範書店，二〇一六年。
《我的玩具》，洪範書店，二〇一九年。
《牛眼和我》，香港中華書局，二〇二一年。
要是《縫熊志》（洪範書店，二〇〇九年；三聯書店，二〇〇九年；內地江蘇文藝，二〇一一年），以及《猿猴志》（洪範書店，二〇一一年；內地廣西師範大學，二〇一二年）也歸入散文集，加上本編，那就是十五本了。各書在不同時間、地方出版，內容有所重複，但不多。

這十五本，絕對不是她全部的散文寫作，早期的專欄，她大多沒有剪存，久矣連報刊、雜誌也停辦了，有賴其他熱心朋友提供剪報。專欄她是每天寫，隨寫隨發，寫生活的感受，反映時代的文化風尚，筆調靈動，頗富於情趣，按字數規限，文章一般都較短。而前輩作家的風範是：從不脫稿。寫中國園林，收於《羊吃草》，在雜誌發表，不受限制，才比較長；至於《旋轉木馬》一書可都是長篇的散文，是她最愜意的作品，並且自己配圖。

本書分四部分，各部再按發表先後次序編排。

「一、再看足球」十七篇，是應《明報．星期日生活》之邀，看世界盃而寫，因之前一九九〇年，曾在《明報》連載看足球，二〇〇六年再應《明報》編者邀請，故此編加一「再」字。她寫的雖是當年的球賽，往往寫到其他，並不過時。

「二、非洲系列」九篇，本想一路寫下去，並且到東非去，但因敏感不能注射防疫針，也就打住了。她為此做了不少非洲人的布偶。各篇二〇一三至二〇一四年，曾先後刊於《字花》。〈魔符〉二〇二三年七月二日於《明報》副刊「星期日生活」發表。

「三、小品一束」十一篇，都不過一千字。開初三篇讓我們回到她在學的一九五〇年代，一位作家是這樣走來的。其中〈風箏〉一篇，原見於《畫/話本》一書，西西後來在收結加了一小段，這一段我以為很重要，所以再收錄。

「四、港島吾愛及其他」十六篇，多為近年之作。〈港島吾愛〉送別摯愛的父親，結合了這個父親把她帶來的地方，人和地都是她的摯愛。此文跟〈法國梧桐〉俱曾載於《交河》，這書已絕版四十年，曾有幾位年輕朋友問起，都值得保留。〈毛熊與我〉原來收於《縫熊志》，不過這篇詳細些，所以再收錄。〈香斗〉一篇曾收在內地版的《羊吃草》，跟港版略有不同，何妨再錄。〈女子寫作 —— 莎士比亞妹妹與蕭紅〉，部分曾以〈環境與作家〉為名，刊於《中國時報》，該文是為祝賀洪範書店二十周年而寫，因本編另有〈洪範書緣〉，故只錄〈女子〉一篇，西西與洪範，四十年合作的情誼，溢於言表。

至於〈找書店，在成都〉和〈紐曼行〉都屬於遊記類，兩文相隔兩年。我曾做一文，認為她的散文的語調，是一種朋友親切的語調，時見獨特的角度，奇妙的想像。本書最後一篇是記念離世的楊牧，之後兩年，她自己也成為我們追念的摯友了。

港島吾愛

西西 著

何福仁 編

責任編輯 張佩兒

裝幀設計 簡雋盈

排　　版 楊舜君

印　　務 周展棚

出版 中華書局（香港）有限公司
香港北角英皇道四九九號北角工業大廈一樓 B
電話：（852）2137 2338
傳真：（852）2713 8202
電子郵件：info@chunghwabook.com.hk
網址：http://www.chunghwabook.com.hk

發行 香港聯合書刊物流有限公司
香港新界荃灣德士古道二二〇—二四八號
荃灣工業中心十六樓
電話：（852）2150 2100
傳真：（852）2407 3062
電子郵件：info@suplogistics.com.hk

版次 二〇二三年七月初版
二〇二四年八月第二次印刷

規格 三十二開（190mm × 130mm）

ISBN 978-988-8860-42-5